長編小説

とろり蜜嫁

〈新装版〉

霧原一輝

竹書房文庫

目次

第一章　嫁のよがり声

1

リビングで、坂上健太郎《さかがみけんたろう》が夕方のテレビニュースを見ていると、

「お義父《とう》さま、ご飯ができました」

郷子《きようこ》が自分を呼ぶ声がした。

「ああ、わかった」

健太郎はソファから立ちあがり、ダイニングに向かう。

三十年前に健太郎が注文住宅として建てた坂上家はオープンキッチンの造りで、リビングからキッチンとダイニングを見渡すことができる。

ダイニングテーブルには、金目鯛《きんめだい》の煮つけ、イカと里芋《さといも》の煮つけなどの和食が並ん

でいた。

「今日は和食にしましたけど、お義父さまの専門分野だから、緊張しました。上手《うま》くできているか心配です」

エプロンを外した郷子が、伏目がちに健太郎を見た。

「さっきからいい匂いがしていたな。うん、美味《おい》しそうじゃないか」

息子の嫁の不安を振り払うように明るく言って、健太郎は自分の席につく。

健太郎が日本料理の調理師だから、和食を作る際にはとくに緊張するのだろう。郷子も向かいの席に座ったものの、判決を受ける前の被告のように畏《かしこ》まっている。

郷子は、息子の孝太郎《こうたろう》と三年前に結婚した。当時、二十六歳だったから、今は二十九歳で、孝太郎にとってはひとつ年上の姉さん女房である。

息子が、勤めている商社で事務職をしていた郷子に惚れて、必死に口説《くど》き落としたらしい。結婚相手として初めて郷子を紹介されたときは、亡《な》くなった妻の節子《せつこ》の若い頃とどこか面影が似ていると感じた。

孝太郎は三年前に癌《がん》であの世に旅立った母親が大好きだったから、選んだ相手も母親似だったのだろう。

亡妻の節子は自分にはもったいないくらいのやさしげな美人で、性格も男を包み込むような寛大さがあった。

　そして、郷子も負けず劣らずの『いい女』であり、こんなことは絶対に考えてはいけないことだが、もし郷子が息子の嫁でなく、どこかでばったり出逢っていたら、妙な気分になっていたかもしれない。

「じゃあ、食べようか。いただきます」

　健太郎が手を合わすと、郷子も呼応していただきますをし、自分は箸《はし》を止めて、心配そうに義父の表情をうかがっている。

　健太郎は金目鯛の煮つけを箸でほぐし、白身を口に運ぶ。味わっていると、

「お味はいかがでしょうか？」

　郷子がおずおずと訊《き》いてくる。

「うん、生姜《しょうが》が効いているし、味も沁み込んでいる。まあまあだな。前と較べると格段の進歩だ」

　感想を口にすると、郷子の表情が一気にほぐれた。

「よかった。教えていただいたとおりに、最初に煮汁を金目鯛にかけたんですよ」

「そうだ。そうすれば、表面が早く固まって、旨《うま》みが逃げなくなるし、落とし蓋《ぶた》にくっついて困るようなことはなくなる」

「はい、ありがとうございます。お義父さまのおかげです」

健太郎は半年前まで、赤坂にある日本料理店の板長《いたちょう》をしていた。評判は良く、この不況下でも繁盛《はんじょう》していたが、料理店の親会社が倒産して、店もクローズした。

五十五歳で、まだまだ働ける歳である。いや、調理人としてはこれから脂《あぶら》の乗る時期なのかもしれない。

だが、高校を卒業し、調理見習いからはじめてずっと働きづめだった。日本料理店の板長をはじめたのも四十五歳のときだから、もう十年になる。

勤続疲労というやつだろうか、店が閉まったとき、健太郎は肩の荷を下ろしたように、どっと疲れが出た。

(脇目も振らずに働いてきたんだから、少しくらい休んだってバチはあたらないだろう)

そう思って、今はほとんど何もせずに、自分の建てた家でのんびりとした時間を過ごしている。

金目鯛を箸で突つきながら、時々、正面の郷子を見る。

柔らかくウエーブしたセミロングが、その清楚で品のいい容姿にはよく似合っている。ノースリーブのサマーニットがこんもりと盛りあがった胸を際立たせ、長い二の腕はしなやかさをたたえている。

スレンダーなのに女らしく、肉感的でさえあるのは、尻が大きいからだろうか？　それとも、きめ細かいもち肌のせいだろうか？　色白のきれいな肌は健康なのだろう、内側から湧き出たエネルギーでぷるるんと張りつめている。

箸を使って、煮物を口に運んでいた郷子が、隣の席にふと目をやった。

「孝太郎から連絡はあるのか？」

郷子の気持ちを推測して訊くと、

「ええ……忙しいみたいですが、元気にやっているようです」

心配をかけまいとしているのか、郷子が笑顔で答える。

商社に勤める孝太郎は、八カ月前に石油関連の仕事で中東の国に派遣された。二年の予定での単身赴任だった。

ついていくと言う郷子を、息子は『政情が不安定な場所で危険だから』と説き伏せて、独《ひと》りで中東に旅立った。

この前帰国したのが三カ月前だったから、やはり寂しいのだろう、郷子の表情に時々影が差す。

子供がいれば、子育てに追われてそれどころではないだろうが、二人はまだ子宝に恵まれていなかった。

郷子ももう二十九歳、子供を作る年齢としては遅いくらいだ。その大切な時期によりによって夫が海外派遣とは――。

「帰国予定まで、あと一年以上あるな。郷子さんも寂しいと思うけど、何とか乗り切ってくれ」

箸を止めて言うと、

「大丈夫ですよ。お義父さまがいらっしゃるので、寂しくなんかありません」

郷子は口角《こうかく》をきゅっと引きあげて、健太郎を見た。

大きくて、目尻のスッと切れあがった目で見つめられて、健太郎は年甲斐《としがい》もなくドギマギしてしまう。

「そうか……私がのんべんだらりと家にいることも、少しはいいことがあるようだ」

「だって、お義父さまはずっと働いていらしたんですもの。神様が少し休めとおっしゃってるんですよ」

「神様がねえ……」

男は仕事をしないで家にいることに、どこか罪悪感を持ってしまう。それをそういうふうに言ってもらえると、気持ちが楽になる。

「まだしばらくは働かずに家にいるつもりだ。『独り者』同士、仲良くやっていこう」

「そうですね。はい、そうさせてください」

郷子が笑顔で答えた。

その後、しばらく二人は無言で食事を摂《と》る。

不思議なのは、口を利かなくとも、息苦しさのようなものを感じないことだ。いくら息子の嫁と言っても他人なのだから、ぎこちない雰囲気がただよってもよさそうなのに、郷子との間ではそれがない。

とくに息子が海外に行ってからは、二人で過ごす時間が多くなった。そのせいもあるのか、最近は郷子を自分の妻のように錯覚してしまうことがある。

実際に、郷子は健太郎の下着を洗濯したり、着るものにアイロンをかけたり、食事を作ってくれたりと身の回りの世話を焼いているのだから、やっていることは妻と同じだ。

だが、決定的に異なるのは、閨《ねや》をともにできないことだ。

（バカ、何を考えているんだ。相手は息子の嫁じゃないか！）

そう自分を戒《いまし》めていると、郷子が声をかけてきた。

「あの……」

「うんっ、何?」

「あの……わたし、お義父さまに料理を習いたいんです」

「えっ、習いたいって……」

「もちろん今だって、お義父さまには事あるごとに教えていただいています。でも、もっときちんと習いたいんです……わたしは外で働いていませんし、家事がお仕事です。とくにお料理はとっても大切です。なのに、まだちゃんとお料理を習ったことがなくて……孝太郎さんを驚かせたいんです。帰ってきて、わたしの料理を食べたときに、目を丸くさせたいんです。『美味しい。腕をあげたな』って」

そう訴えてくる郷子の目は真剣だ。

「そうか……なるほど。こっちも時間は余っているしな……だけど、あれだぞ。私は料理になると、厳しいぞ。怒鳴りつけてしまうかもしれない。いつも調理場では怒鳴っていたからな」

「はい。孝太郎さんから聞いたことがあります。でも、かまいません。何でも修業は厳しいものです。むしろ、厳しいほうがありがたいです。ですので、教えてください。お願いします」

郷子が深々と頭をさげた。

「……なら、いい。やろうか」

「はい。ありがとうございます。プロの調理師さんからマンツーマンで教えていただけるんだから、これで上手くならなかったら、叱られちゃいます」

「じゃあ、明日の夕食からだな。メニューはどうする？　こっちは和食以外でも大丈夫だぞ。昔はフレンチもイタリアンもやっていたからな」

「そうですね……どうしましょうか？」

二人は食事を摂るのも忘れて、明日からの料理に関する意見を出し合った。

2

夕食を終え、リビングの肘《ひじ》かけ椅子に座ってテレビをぼんやりと眺めていると、食事の後片付けを終えた郷子がやってきた。

三人用のソファに腰をおろし、ラックに置いてあった料理の雑誌を手に取り、ページをめくりはじめた。

大した会話をするわけでもない。二人で別々のことをしながら、同じ空間にいる。

しかし、この何の変哲もない時間が、健太郎には大切なものだった。不思議に心が安らぐのだ。

節子が健在なときも、二人でいてこれほど心が落ち着くことはなかったような気がする。自分と郷子はどこかで波長が合うのかもしれない。

息子の孝太郎も、郷子の前では胸襟《きょうきん》を開いて、リラックスしている。年上の女房ということもあるだろうが、それ以上に郷子には男性を包み込んで自由にさせてくれるような心の広さがあるのかもしれない。

テレビがお笑い番組に変わり、芸人たちのはしゃいだ会話がいやになり、音量を低くして、愛読している週刊誌を取った。

ページを開いて、中高年のセックス特集に目を通しているとき、視野の片隅で何かが動いた。

それまでぴっちりと合わさり、斜めに流れていた郷子の左足があがり、足を組む形になった。

(おっ……!)

膝丈《ひざたけ》のスカートがずりあがり、あげている方の足の太腿《ふともも》が半分ほどのぞいてしまっている。

郷子は女にしては背が高いほうだ。したがって足も長く、その健康的に張りつめた太腿が斜めになっている。

むちむちっとした太腿部がソファに接するところが、見えそうで見えない。

もちろん、意識的にやっていることではないだろう。おそらく、料理雑誌に夢中になって、ついつい足を組んだのだ。

だが、これまで郷子は肌の露出に関しては極力抑えている様子だったので、このわずかな太腿のチラリズムさえ、健太郎は気になってしまう。

（こんなこと、義父がやることじゃないな）

そう感じつつも、視線はついつい郷子の太腿に向かってしまう。

季節が夏ということもあり、パンティストッキングを穿《は》いていない。

素足はなめらかな肌に覆《おお》われていて、こうやって見ているだけでも、触ったらすべすべだろうことはわかる。

下になった右足のふくら脛《はぎ》は優美でしっかりしたラインを描き、足首はきゅっと締まっている。その膝に重ねられた左足はスカートが途中までずりあがり、付け根に向かって太くなる大腿部の斜めになったラインと、むっちりした量感がたまらなく肉感的である。

と、上になった足の爪先がぎゅうと上にあげられ、さげられた。

スリッパを履《は》いているから、じかに爪先は見えない。

やがて、スリッパの引っかかった爪先がぐるり、ぐるりと円を描きはじめた。

ハッとして、郷子の顔をうかがった。

郷子は雑誌をやや目に近づけて、視線を落としている。

わざとやっているのではなく、自然に出た動きだろう。それがわかっていながらも、
健太郎の視線はその足首に釘付けにされてしまう。

いったん動きが止まったと思ったら、今度はぎゅうと上に反《そ》った。次に、反対にさがって伸びた。そこから、爪先がまた円を描くように動きはじめる。

(こうやって郷子さんの足で股間を愛撫されたら、どんなに気持ちいいだろう)

健太郎がマゾだという訳ではもちろんない。ただ、この美しい足であそこを触られたらさぞや、と思っただけだ。

下腹部がむずむずしてきて、健太郎も足を組んだ。

あがった左足の爪先は必然的に、右側にいる郷子の方角を向く。

健太郎は週刊誌を読むふりをして、左足の爪先をゆっくりとまわした。

まるで、郷子の股間をまさぐっているような錯覚をおぼえ、こんなことで、と自分に呆《あき》れながらも、しかし、確実に気分は昂揚《こうよう》した。

現に、太腿に圧迫されている下腹部のものが、少しずつ力を漲《みなぎ》らせていくのが感じられた。

と、郷子が組んでいた足を解いた。

残念ながら、膝はぴっちりと揃っている。

(ええい、膝よ開け！)

念じて、さっきより強く爪先をまわすと——。

願いが通じたのか、実際に郷子の膝がわずかにひろがった。

(えっ、郷子さん、こちらを意識しているのか？)

ドキッとしつつ、今度は足首を縮ませたり、伸ばしたりする。必然的に爪先は上下に揺れる。もし郷子が見ているなら、まるで自分の股間を縦に擦《こす》られているような気がするはずだ。

郷子は依然として料理雑誌に見入っている。

柔らかくウエーブした髪が垂れ落ち、サマーニットに包まれた胸のふくらみが静かに上下動する。

指が動いてページをめくり、指が止まって、そのページに見入る。

そうしながらも、膝は少しずつ、ほんの少しずつだが、確実にひろがっていた。

(もしかして、意識的にやっているのか！)

頭と下半身を同時に殴りつけられたような衝撃が走り抜けていく。

(もっと、もっと開け！)

健太郎はそう念じながら、ここぞとばかりに爪先を郷子の股間に向けて、ぐりぐりまわし、さらには、縦に振る。

実際のところ、距離は相当あるが、想像のなかでは、じかに爪先でパンティの基底部を擦っていた。

だが、さすがに足首が疲れてきた。

動きを止めたとき、郷子の膝もぴたりと閉じられた。それから顔をあげて、健太郎を見た。

色白の顔が若干上気して、首すじもピンクに染まっているように見えるのは、気のせいだろうか？

「あの……」

「な、何？」

「……この料理のことで、ちょっとわからないところがあるんですが。うかがっていいですか？」

郷子が料理雑誌を指して、健太郎を見る。

盗み見を咎《とが》められるのではないかと思っていたので、なあんだ、そんなことかと、ほっとした。

「もちろん、いいよ」

「あの……ここなんですが」

郷子が席を立って、近づいてきた。

そして、肘かけ椅子に腰かけている健太郎のすぐ隣に座って、センターテーブルに料理の雑誌を開いて置いた。

「あの、ここに出ているふろふき大根の下拵《したごしら》えの仕方なんですが……」

と、質問をしてくる。

健太郎は前屈みになって答えながらも、さりげなく股間を手で隠している。そこはまだ勃起していて、ズボンをこんもりと持ちあげているからだ。健太郎が答えると、

「……そうですね。じゃあ、この雑誌間違っていますね」

「まあ、間違いということはないが、素人が書いたものだね」

そう冷静に対応しながらも、健太郎は体のざわめきを抑えられなかった。

健太郎は上から見おろす形である。そして、郷子は前屈みになっているので、U

ネックの襟元《えりもと》にゆとりができて、乳房のふくらみの裾野《すその》と、二つの白々とした小山が集まってできる深い谷間がくっきりと覗《のぞ》けてしまう。

（何という、乳房の白さだ……！）

しかも、郷子が自分の隣に座って、身を寄せているという状況が、いつになく健太郎を昂《たかぶ》らせる。

会話が終わり、郷子が雑誌を閉じた。

「ありがとうございました。確認できてよかったです」

そう言って、立ちあがった瞬間、郷子の視線が健太郎の股間のふくらみをとらえたような気がした。

ハッとして足を組みながら、郷子をうかがうと、その色白の顔に一瞬、困ったような羞《は》じらいの色が浮かんだように見えた。

「では、お風呂を洗ってきますね」

郷子は顔を伏せて、リビングを出ていく。スカートを張りつめさせた発達した尻が遠ざかっていくのを見送り、

（勃起しているところを見られたかな……）

羞恥《しゅうち》に身を焼かれながら、健太郎は椅子に背中をもたせかける。

と、そこにいるべき存在がなくなったような寂しさを感じた。

妻の節子が亡くなって、もう三年経っている。その間、女とは無縁の生活を送ってきた。

(郷子さんがいてくれるから、何とか持っているのかもしれないな……しかし、ひさしぶりだったな、あんな昂奮《こうふん》は……)

今はもう元に戻った分身をちらりと見ると、ズボンの股間に小さなシミが浮き出ていた。

(そうか。こんなになるまで……)

息子の嫁を相手に、スカートのなかを覗き見し、爪先をぐりぐりとまわしてしまった自分が恥ずかしい。

だが、あのとき、郷子が足をひろげたことは事実だ。

意識的にやったとしか思えないのだが、それなら、郷子はどんな気分でしたのだろう?

(俺を誘ったのか?　いや、まさか……しかし、だったらなぜ?)

わからない。そして、ここは深く掘り下げてはいけないことのような気がした。

(まあ、いい……郷子さんに教える明日の夕食の献立《こんだて》でも考えておくか)

健太郎はテレビを消し、リビングを出て、二階にある自室へと階段をあがっていった。

3

午後十一時、健太郎は部屋を出て、廊下を歩き、現在は郷子が寝ている若夫婦の寝室に向かった。

明日の夕食の献立を、専門分野の和食にしようか、それとも洋食にしようか、大いに悩んでいた。

家庭料理なら、肉じゃがあたりがちょうどいいかもしれないが、孝太郎は肉じゃがが好きだったか、どうか……。

息子の幼少期から料理店で働いていたせいもあって、情けないことだが、息子の食事の好みをまるでわかっていなかった。

孝太郎の好き嫌いもついでに訊いておこう——。

郷子はいつもだいたい就寝するのは、十二時を過ぎてからのようだから、まだ大丈夫だろう。

廊下を角部屋から角部屋まで歩き、寝室をノックしようとして顔を寄せたとき、なかから郷子の呻《うめ》き声のようなものが洩《も》れてきた。

(うん、どうしたんだろう？　どこか痛くて苦しんでいるのか？)

耳を澄ました。聞こえてきたのは、

「いやっ……そう？　あっ、あうぅぅぅぅ……いや、いや」

というさしせまった声だった。

さらに聞き耳を立てていると、

「あっ……あっ……あんん……」

悩ましい声がドアから洩れてきた。どう聞いても、女が閨で出すあの喘ぎだった。

(何をしているんだ？　ひとりであれをしているのか……？)

リビングでの出来事が脳裏によみがえった。息を潜《ひそ》めた。

「えっ、いやよ……わかったわ……ぁああ、あっ、あっ……」

郷子の艶《なまめ》かしい話し声と撥《は》ねるような喘ぎがはっきりと聞こえた。

部屋に他の誰かがいるはずはないのだから、テレホンセックスか――？

そうとしか思えない。

女の喘ぎが、健太郎の頭と下半身を痺れさせる。

義父に気をつかってくれていたのか、これまで、夫婦の閨の声が洩れ聞こえてくることなどなかった。

(そうか、郷子さんはこんな色っぽい声を出すのか……)

押し殺したような喘ぎがつづき、健太郎の股間は不覚にも力を漲らせてしまう。

(しかし、相手は誰だろう?)

孝太郎と考えるのが、順当かもしれない。しかし、孝太郎が今いる国とは時差もあるし、いかに離れ離れになっているとはいえ、夫婦がテレホンセックスなどするのだろうか?

などと思いを巡らす間にも、

「あっ……あっ……あっ……」

郷子の洩らす声が、どんどん激しくなっていく。

矢も楯《たて》もたまらなくなって、そっとドアを離れ、忍び足で歩いて、隣室の和室のドアを開ける。

こんなことをしてはいけないことはわかっている。だが、郷子が何をしているのか、どうしてもこの目で確かめたかった。

和室と寝室の境はじゅらく壁で、上のほうに採光用の横に長い窓がついていて、今も寝室の仄《ほの》かな明かりが洩れてきている。あそこから覗けば、隣室は見えるはずだ。

ここは生前に妻が使っていた部屋で、ミシンがまだ残っている。ミシン用の丸椅子を持ち、物音を立てないように、じゅらく壁の前に置いた。

丸椅子に片足を乗せ、慎重にあがる。

見つからないことを祈って、そっと覗くと――。

天井灯のスモールランプと、ベッドの脇に置かれた行灯《あんどん》風スタンドの橙《だいだい》色の明かりに、ベッドに横たわり、サッシに向かって足を開いている郷子のしどけない姿が陰影深く浮かびあがっていた。

白いネグリジェを着ているが、胸ははだけて片方の乳房がまろびでて、裾もまくれあがって二本の足がまるで出産時の妊婦のように開いている。

そして、郷子は左手でケータイを耳にあて、右手をネグリジェの裾のなかに入れて激しく動かしながら、送話口に向かって、

「ああ、ああ、いいの……郷子、いいの」

そう訴える悩ましい女の声が、薄いガラスを通してわずかに聞こえる。

やがて、郷子はケータイを耳と肩に挟み、自由になった左手で乳房を揉《も》みはじめた。

白いネグリジェからこぼれでた右の乳房を左手で鷲《わし》づかみにして、右手で下腹部を

さすっている。

郷子の乳房をじかに見るのは、もちろん初めてだ。

衣服越しに見る以上にたわわで、乳暈《にゅううん》と乳首はピンクがかっていて、それを目にするだけで心臓の鼓動が胸を突きあげてくる。

郷子はそれとわかるほどにせりだしている乳首を左手の指でつまみ、くりっくりっとこよりを作るようにねじって、

「あっ……あっ……ぁああ……」

聞いているほうがおかしくなるような喘ぎ声をあげる。

そのとき、右手の添えられている下腹部がぐぐっとあがってきた。

上から見おろしている健太郎には、まるで、その下腹部が自分に向かって突きあがってくるように感じるのだ。

(郷子さん……!)

日々の暮らしでは、淑《しと》やかな郷子しか見ていない。清廉《せいれん》だと思っていた息子の嫁の欲望を剝《む》き出しにした姿に、頭も下腹部もカッと熱くなった。

郷子の声が聞こえた。

「……はい。濡れているわ。いっぱい濡れているわ……えっ……いやっ、いやっ……

そう、わかりました」

郷子は赤いケータイをおろしていく。そのまま、しどけなくひろがった太腿の奥へと持っていき、

「ああ、聞こえる？　郷子の淫らな音が聞こえる？」

と独り言のように呟《つぶや》き、股間に差し込んだ右手を激しく前後に動かし、さらには、円を描くように指をまわす。

（そうか……相手の男にあの音を聞かせているのか）

おそらく相手には、濡れた恥肉が発する、ネチ、ピチャッといった淫靡《いんび》な粘着音が聞こえていることだろう。

（いくら相手に求められていることとはいえ、こんないやらしいことをして）

作務衣《さむえ》のなかで、健太郎の分身が頭をもたげ、ドクッ、ドクッと脈打っている。

と、郷子はケータイを耳にあてて、

「聞こえましたか？　そう……孝太郎さんは、孝太郎さんのおチンチンも濡れてるの？」

恥ずかしそうに訊いた。

（ああ、そうか、よかった。相手はやはり、息子だったのだ）

健太郎はほっとする反面、息子夫婦の覗いてはいけないセックスライフを覗いてしまった気がして、居心地が悪くなった。

だったら、早くこの場を立ち去ればいい。息子夫婦のテレホンセックスなど聞いてはダメだ——。

しかし、体が金縛《かなしば》りにあったように動かないのだ。

いや、動いているのはたった一箇所、下腹部のいきりたちだけだ。分身がビクッ、ビクッと頭を振っていた。

「えっ？　あれを使うの？　いやだわ、大きすぎてつらいの……そう、そんなに言うなら。浮気しないでね。郷子だけよ……そう、わかったわ。待っててね」

そう言って、郷子はベッドを降りた。

何をするのだろうと見ているると、クロゼットの引出しから長方形の箱のようなものを取り出した。透明なアクリルの箱に入っている異様なものは、ピンク色をしていて、男根そっくりの形をしていた。

ベッドのエッジに座って、郷子がそれを取り出した。やはり、張り形だった。

しかも、郷子が言っていたように、確かに本物より一回りサイズが大きい。

（これを使っているのか、郷子さんが？）

清廉な郷子にはそのグロテスクな大型ディルドーがどうしてもそぐわない。

ケータイを耳にあてて、郷子はベッドにあがって座り、足を開いた。

「舐《な》めるのね、わかりました」

郷子はピンクの疑似《ぎじ》男根に丁寧に舌を這《は》わせ、それから、小ぶりの唇をひろげて亀頭部を頬張った。

カリも本物以上に張っているためか、郷子が唇をすべらせるたびに、唇がカリでめくれあがるのが手に取るようにわかる。

郷子は右手で疑似男根をつかみ、自分に向けたディルドーにずりゅっ、ずりゅっと大きく唇をスライドさせながら、その唾音《つばおと》を聞かせようとケータイを近づけている。

(郷子さんはこんなふうに男のものを咥《くわ》えるのか……)

まるで、本物をフェラチオしているようなその所作《しょさ》に、健太郎の目は釘付けになった。

郷子は張り形を吐き出して、唾液で濡れたそれを大きく開いた太腿の奥へと押し込んでいく。

座っている姿勢ではやりにくいのか、上体を倒して、ベッドに仰向《あおむ》けに寝た。

自ら膝を曲げて開き、自分に向かって持ちあげた。

赤ん坊がオシメを替えられるときの格好である。

斜め上方から眺めている健太郎には、白いネグリジェがまくれあがり、あらわになった左右の太腿の合わさるところに、薄めの繊毛《せんもう》とともに女の亀裂がわずかに口をのぞかせているのが見えた。

枕明かりに照らされた女の秘部が、オレンジ色の明かりを反射して、ぬらりと光っている。

そして、郷子は右手でディルドーの根元をつかみ、亀頭部で割れ目をなぞった。上下にすべらせて、

「ぁああ……ぁあああ……」

と、感に堪《た》えないといった声をあげ、

「ええ、気持ちがいいの。欲しいわ。ビクビクしてる。あなたのが欲しくて、あそこがビクビクしてる」

ケータイに向かって、話しかける。

(何ていやらしいことを言うんだ)

日頃の嫁からは想像できない言葉を耳にして、健太郎の股間はさらに力を漲らせてしまう。

今日の昼間には、そのチラリズムで先走りの液を滲《にじ》ませるほどにエレクトしたものが、ふたたびこんなに力強く勃起している。

「ええ、欲しいわ。入れて。あなたのが欲しい……来て、来て、今よ！」

そう叫んだ郷子が、次の瞬間、ディルドーを自らの恥肉に押し込んだ。

おそらく、孝太郎に打ち込まれた気になっているのだろう。

だが、張り形が大きすぎるのか、半分ほどがまだ外に出ている。それを、郷子は自分から腰を押しつけていくようにして、迎え入れた。

大型ディルドーが深々と嵌《は》まり込んで、

「くぅぅ……！」

郷子はブリッジをするように背中を浮かして、ぶるぶるっと震えた。

それから、静かに腰をベッドに落とす。

「ええ、入ってきたわ。あなたのカチカチのあれが入ってきたのよ」

ケータイに向かって語りかけ、張り形はそのままにして、自らの腰をゆったりとせりあげ、そして、おろす。

しばらくそれを繰り返してから、今度は、膝を開いて持ちあげ、オシメ替えのポーズで、張り形を慎重に抜き差しする。

肉色のリアルな人工ペニスが、めくれあがった肉襞《にくひだ》を巻き込みながら、姿を消し、また出てくる。

押し込み、引くたびに、葛湯《くずゆ》のような白い愛蜜がすくいだされ、それが、持ちあがっている尻に向かって会陰《えいん》部をしたたり落ちていく。

もう、こらえきれなかった。

健太郎は作務衣のズボンに右手をすべり込ませていた。

「ぁああ、ぁああ、いいの……」

艶かしい声が洩れてくるのを聞き逃すまいと、耳をそばだてながら、分身をしごいた。それは、若い頃のようにギンと張りつめ、ひと擦りするたびに下腹部が蕩《とろ》けるような快美感が育ってくる。

「今？　……膝を開いてあげているわ。そう、孝太郎の好きな格好よ……そう、だから感じるの。思い出しているのよ……孝太郎は？」

しばらく無言がつづき、

「そう……しごいているの？　部屋でひとりであれをしごいているのね。感じる？　出そう？　……そう。えっ、後ろから……わかりました」

郷子はディルドーを受け入れたまま、緩慢《かんまん》な動作でベッドに這う。

四つん這いになって、垂れ落ちてきたネグリジェの裾をまくりあげて落ちないようにし、右手を腹のほうから潜らせて、張り形を抜けないように押し込んだ。

それから、自ら腰を前後に打ち振って、

「そう、這っているの、犬みたいに這っているの……ちょうだい。孝太郎のを後ろからちょうだい。思い切り、叩きつけて……」

ケータイに向かって思いをぶつけ、右手でディルドーを抜き差ししながら、自分も腰を振る。

斜め上方から眺めている健太郎には、突きあがった尻とその狭間《はざま》がはっきりと見えた。

満遍《まんべん》なく肉のついたアドバルーンのような大きな尻が揺れ動き、張り形が押し込まれているその上方にはセピア色に変色したアヌスの窄《すぼ》まりが見える。

（……いやらしいぞ、郷子さん。ほんとうはこんなにエッチだったんだな。日頃は猫をかぶっていたんだな）

健太郎は作務衣を突きあげている怒張を、きゅっ、きゅっとしごく。

昼間よりはるかにカチカチになっている。こんなに硬くなったのは、いつ以来だろう？ 思い出せないほどだ。

「あんっ、あんっ、あんっ……」

郷子の撥ねるような喘ぎが聞こえてきた。

手と腰をつかって、ディルドーを激しく打ち込みながら、背中を弓なりに反らし、がくっ、がくっと痙攣《けいれん》している。

そして、健太郎の腰もいつの間にか、前後に揺れていた。まるで、自分が郷子に打ち込んでいるかのように。

意識してのことではない。自然に腰が動いてしまうのだ。

「ぁああ、孝太郎、イキそう……郷子、イキそうなの！」

郷子が前につぶれた。

腹這いになりながらも、発達した尻だけは高々と持ちあげて、そこに、ディルドーを打ち込んでいる。

「イクわ……ほんとうにイクの……孝太郎も、イッて。出して。郷子にちょうだい。お願い、出して……！」

ケータイに向かって、さしせまった声をあげながらも、郷子は尻の方から伸ばした手で、激しく張り形を打ち込んでいる。

（おおぅ、郷子……！）

健太郎も強く肉棹《にくざお》を擦りあげる。

下腹部が熱くなりながら蕩けるような快美感が押し寄せてきて、目が霞《かす》んできた。

そのぼやけた視界のなかで、郷子は尻を突きあげ、全身をよじらせながら、絶頂に向かって駆けあがっていく。

「イク……イッちゃう……うぐぐ、ぐっ、ぐっ……イクぅぅぅ……はう！」

上体をのけ反らせ、下肢を一直線になるまでピーンと伸ばして、郷子ががくん、がくんと躍りあがった。

（イッたんだな。テレホンセックスで気を遣《や》ったんだな……おおぉぉぉ！）

ぐいと硬直をしごいた次の瞬間、健太郎も至福に押しあげられた。

ドクッ、ドクッと肉棹が脈動しながら、精液を吐き出しているのがわかる。

下半身だけではなく全身が躍りあがるようなすさまじい放出の歓喜に、転びそうになるのを、壁をつかんで必死に体を支えた。

栗の花の異臭が立ち昇るのを感じながら、健太郎は一度瞑《つむ》った目をおずおずと開ける。

郷子はうつ伏せになったまま、ぴくりとも動かない。

まくれあがったネグリジェから、仄かにピンクに染まった尻が丸見えになっていて、時々、さざ波のような痙攣が走る。

健太郎も温かい精液がブリーフに沁み込んでいくのを感じながら、金縛りにあったように動けなかった。

4

翌日の夕方、健太郎は郷子に、肉じゃがの調理法を教えていた。

健太郎が見守るなか、水色のエプロンをつけた郷子が包丁で野菜を切っている。

ひと口大に切ったジャガイモはすでに水にさらしてある。その間に、ニンジンを乱切りにし、タマネギをくし切りにする。

手許《てもと》をさり気なく見て、後ろにさがる。

郷子はかすかな緊張感を背中に浮かべながらも、集中して一生懸命に野菜を切っている。スレンダーな上半身に較べて、尻が大きい。

今も、ほどよくくびれたウエストから急峻《きゆうしゆん》な角度で臀部《でんぶ》がひろがっていて、スカートがぱつぱつに張りつめている。

健太郎の視線はどうしても、その豊かな下半身に向かってしまう。

と、昨夜、郷子がベッドに這って張り形を押し込み、昇りつめていったその姿が脳裏によみがえってきた。

昨夜は自室に戻ってからも、目を閉じると、郷子のあからさまな姿が網膜に浮かびあがり、なかなか寝つくことができなかった。

今朝、キッチンに立っている郷子を見て、「おはよう」と挨拶したときも、何だか照れてしまって、まともに顔を合わせることができなかった。

いい歳をこいて、何をいまさら、と思うものの、家庭で一緒にいることが多い女の閨の痴態を知ってしまえば、誰だって心が乱れるだろう。

（しかし、この清楚で一途な郷子さんが、あんなになるとはな……）

エプロンの結び目が垂れている大きな尻を、ついつい触ってしまいそうになり、あわてて自分を戒める。

近づいていって、手許を覗き込む。

郷子は、茹《ゆ》でたサヤインゲンを三センチほどの長さに切り、豚肉も適度な長さに切る。

「肉は脂身のあるほうが、コクが出るから。孝太郎は肉は好きだったかな？」

見守りながら訊くと、

「ええ。魚より肉のほうが好きみたいです」

「そうか……まあ、仕方がない。まだ二十八だからな。歳を取れば、魚の良さがわかってくる……で、郷子さんはどうだ？」

「わたしは……どちらかと言うと、お魚のほうが好きです」

「ほう……そうか」

和食の調理人としては、うれしい言葉である。

「さらしたジャガイモは、よく水を切るように」

「はい。わかりました、お義父さま」

郷子は素直で、いい返事をする。それから、鍋に煮汁を入れ、ガスに火を点《つ》ける。

「そこで、豚肉を入れて」

「ここでですか？」

「ああ、そうだ。ほぐしながら煮立てて、アクを取る。それから、野菜を入れる」

「知りませんでした。これまで肉と野菜を同時に入れていました」

教えてもらえることがうれしいのだろう。

郷子はこちらを見て、優美でととのった顔をほころばせる。微笑《ほほえ》むと、口角がきゅっとあがって、反対に目尻はほんの少しさがって、愛嬌《あいきよう》が滲みでる。

水玉模様のエプロンの胸元がこんもりといい角度で盛りあがっていて、そこに視線が落ちかけて、あわてて止める。

「じゃあ、つづけなさい」

郷子が豚肉を入れて箸でほぐすのを見ながら、健太郎の脳裏には、昨夜見た、郷子の乳房が浮かんでいた。

ネグリジェからこぼれでていた乳房は形よくせりだしていて、量感も申し分なかった。

着衣越しに見て、きれいな胸をしているなとは思っていたのだが、その予想をはるかに上回るたわわで形のいい乳房に、感動さえ覚えていた。

今も、このエプロンの下にあんなきれいな乳房を隠しているのか、と思うと、胸苦しいような昂りにとらえられてしまう。

(バカ！　何を考えているんだ。息子の嫁が自分を頼って、料理を教えてくれと言っているのだから、妙な雑念は追い払え)

自分を叱責《しっせき》して、言った。

「ジャガイモは男爵《だんしやく》のほうが、ほくほく感は出る。ただ、メークインのほうが煮崩れしないし、しっとりした感じはあるから」

「はい……しっかりと頭に刻みました」

「アクを取ったら、野菜を入れて……そう。あっ、バカ。インゲンは後だ」

「す、すみません」

郷子があわてて、サヤインゲンを鍋から取り出す。

「もう茹でてあるんだから、最後でいいんだ」

「はい……すみません」

郷子は心底から恐縮したように言って、肩を落とす。

健太郎を上目遣《うわめづか》いで見るその目は、まるで怒られた子犬のようで、健太郎はその表情をかわいいと感じた。

「ほら、もたもたしないで、落とし蓋をして……そう。鍋の蓋をずらして載せる」

「……すみません」

郷子は謝りながら、言われたようにこなす。

「火が強すぎる。中火にして」

「あ、はい……」

「そう、それでいい……怒って、悪かったな」

言いすぎたと思って、謝ると、

「いいんです。わたしの要領が悪いんです。すみません……」

郷子が頭をさげた。

「いや、いいんだって。悪かったな」

近づいていき、励まそうと、正面からノースリーブから突き出た二の腕をつかんだ。

ハッとしたように郷子がその手を見るので、健太郎は手を離した。

だが、両の手のひらには、しなやかで張りのある二の腕の肉感が残っていた。

「ゴメン……」

「いいんです。気になさらないでください」

「……そうか……。これからもちょくちょくこういうことがあると思うが、それは私の癖みたいなものだから。気にしないでくれ」

「はい、わかっていますから、お義父さまのほうこそ気になさらないでください」

「そうか……じゃあ、このまま十五分くらい煮込んだら、そっと掻《か》き混ぜて、それから、インゲンを煮汁に入れる。いいな？」

「はい、お義父さま」

自分を見る郷子の目に、くらっときた。

どう言ったらいいのだろう、男にすがるような目と言うか——。

これまでも、女の調理人をついつい怒鳴ってしまったことは多々あるが、彼女たちは挑みかかってくるような目をするものの、こういう男を頼みとするような表情はしなかった。

初めての体験だった。

胸底で何かがぞろりとざわめき、それを抑えて、健太郎はキッチンに置いてある丸椅子に腰をおろした。

郷子が背中を向けて、冷蔵庫にしまう野菜にラップをかけながら、そっと涙を拭《ぬぐ》ったのを見て、健太郎の胸はときめいた。

第二章　女調理師の媚態

1

レストランの大きな窓から、星空に向かって聳《そび》えたつ幾《いく》つもの高層ビルが見える。

そして、目の前では髪をショートヘアに刈りあげた、いかにも勝気そうな顔をした女が洒落《しゃれ》たワンピースで着飾って、出された料理を口に運んでいる。

その夜、健太郎は都心に建つ高層ホテルの十八階にあるレストランで、望月奈緒《もちづきなお》と食事を摂っていた。

奈緒は、健太郎が板長をしていた赤坂の日本料理店で働いていた。

三十三歳の女性板前で、高校を卒業して調理師学校で基礎を習い、その後、和食中心の料亭で修業してきただけあって、腕は確かだった。

生意気で、時々、健太郎の料理に意見をしてきたりするのだが、なるほどとうなずかされるときもあって、健太郎は高く評価していた。

煮物が上手く、煮方を任せたこともある。

店がクローズされ、本人も一時職を失ったが、今は仙台の料亭で働いている。

その彼女が、突然、会いたいと言ってきた。

用件を訊くと、それは、会ったときに話すと言う。

仙台からわざわざ来てくれるのだから、よほどのことだろう。早く用件を聞きたいという気持ちを抑え、指定されたホテルのロビーで待ち合わせをして、レストランでディナーを食べているところだ。

「いかがですか、この平目のムニエル？」

奈緒がくりくりっとした目を向けてくる。

「うん、まあまあだな。この値段なら、こんなものだろう」

「そうでしょ？　ここ、洋食だけど美味しいので、板長に食べてもらいたくて」

「おい、その板長というのはやめてくれ。もう、板長じゃないんだから」

「すみません、癖になっていて……じゃあ、健さんでいいですか？」

「おいおい高倉健みたいで、照れるよ」

「いいじゃないですか。板長だって、高倉健に負けないくらい格好いいですよ」

「冗談だろ。健さんに失礼だよ」

「じゃあ、どうお呼びすればいいですか？」

「名字でいいよ。坂上さんで」

「わかりました。坂上さん」

奈緒はしばらく、平目に舌鼓《したつづみ》を打っていたが、食べ終えて、外の群青《ぐんじょう》色の夜空に目をやった。

ととのった横顔をしているが、性格そのままに適度に高い鼻がツンと上を向いている。もう三十三歳なのに、ボーイッシュな髪形で子供っぽい顔立ちをしているせいか、二十代後半にしか見えない。

まあまあの美人で、腕もあるこの勝気な女を、健太郎はかわいがっていた。もしかしたら、そこには調理人の師匠と弟子という以上の気持ちがあったのかもしれない。

仕事を終えて、二人で赤坂の街を飲み歩いたこともあった。

酔うと、奈緒は妙に明るくなり、笑い上戸《じょうご》になる。だが、それを過ぎると急に女らしくなり、帰路につこうと夜の都会を歩いているとき、呂律《ろれつ》のまわらなくなった言葉をむにゃむにゃ口走って、健太郎によりかかってきたりした。

『板長……！』

といきなり呼ばれて、「何だ？」と返すと、

『好き、大好き！』

抱きついてきて、キスをせまってきたのには驚いた。

健太郎は何とかかわしたものの、その際、腕に感じた、意外に豊かな胸のふくらみの弾《はず》むような感触は今でも覚えている。

こうしてその横顔を見ていても、一緒に働きはじめた四年前と較べて、随分と女らしくなったような気がする。持ち前の明るさだけでなく、歳相応の女の憂《うれ》いさえ感じてしまう。

コースも終わりに近づき、デザートのアイスがやってきた。

奈緒はなぜかまだ本題を切り出していない。

「そろそろ食事が終わるけど、ここの料理を食べさせたいというだけで、呼んだんじゃないだろう。何だ？」

訊くと、奈緒は口許に持ってきていたスプーンからアイスを頬張り、口許に付着したアイスを舐め取って、つぶらな瞳でじっと健太郎を見た。

「あの……板長……じゃなかった。坂上さん、にまた働いてほしいんです。もう半年も休まれているんだから、そろそろ疲れも取れたんじゃないのかって……」

すぐには返答できなくて、健太郎は目を逸《そ》らす。

「わたし、坂上さんが板長されたら、そのお店に飛んでいきます。また、坂上さんのもとで働かせてください。お願いします」

奈緒が刈りあげられたうなじがのぞくほどに、深々と頭をさげた。

「そうか……ありがとう。そう言ってもらえると、うれしいよ。ただ……」

「ただ……？」

「もう少し待ってくれないか？　どうも、まだ働こうという気にならないんだ。活力が湧いてこないんだ」

はっきり言うと、奈緒の肩が落ちるのがわかった。

「……わたし、どうしても今の板長に馴染《なじ》めなくて。坂上さんのもとじゃないとダメなんです」

「……ありがとう。もう少し待ってくれないか？」

「働く気にならないんですか？」

「まあな……どうもエネルギーが湧いてこない」

「だって、まだ五十五歳でしょ。これからじゃないですか」

「わかってはいるが、どうもね……」

「じゃあ、坂上さんをその気にさせればいいんですね。ちょっと待ってください」

奈緒は席を立って、レストランを出ていく。

(何をしに行ったんだろう?)

疑問に思いつつも、残りのアイスを食べていると、奈緒が戻ってきた。

健太郎が食事を終えたのをちらりと見て、

「一緒に来てください」

健太郎の手をつかんで、ぐいぐいと引っ張っていく。

「おい……食事代は?」

「今、払ってきました。いいから、来てください」

熟年男が若い女に腕を引っ張られるという格好の悪さを自覚しつつも、健太郎はレストランを出る。

すぐのところに、客室にあがるエレベーターホールがあった。そこで、奈緒は立ち止まり、エレベーターの上へ向かうボタンを押す。

「おい……?」

「今日こそは逃がしませんよ」

奈緒はきりりと唇を結び、腕をぎゅっと握ってくる。

エレベーターのドアが開くと、健太郎はなかに押し込まれた。

2

ホテルの客室のドアをカードキーで開けて、奈緒は健太郎を先に部屋に入れ、後から入ってくる。

ダブルベッドの置いてある部屋を見て、

「どういうつもりだ？」

健太郎が振り返ったところを、抱きつかれた。

「言ったでしょ。坂上さんをその気にさせてみせるって……わたし、ずっと前から板長のことが……」

耳元で囁《ささや》いて、奈緒は身体を押しつけてくる。

その勢いに負けて後ろにさがると、そこにベッドがあって、健太郎は仰向けに倒れ込んだ。

る。


「おい、ちょっと待ちなさい」

立ちあがろうとする健太郎を、奈緒が上から押さえ込んできた。

馬乗りになり、健太郎の両腕を万歳の形にあげ、前のめりになって体重をかけてくる。

膝上のワンピースの裾がずりあがって、むちむちっとした太腿がのぞいている。

自分の取っているおよそ女らしくない格好を気にも留めずに、奈緒が言った。

「板長の奥さまはもうお亡くなりになってるんでしょ？　恋人だっていないんでしょ？」

やはり、呼び方は『板長』に戻ってしまうんだなと思いつつも、

「まあな」

その眼力に押されて、たじたじとなって言う。

「わたしも独りだから、お互いフリーですよね」

奈緒が両腕を押さえつけながら、顔を寄せてきた。

健太郎の顔面にちゅっ、ちゅっと柔らかな唇を押しつけてくる。そのまま唇にキスしようとするので、

「よしなさい」

思わず、奈緒を撥ねつけていた。

五十五歳といえど男である。その気になれば女のひとりくらいどうにでもなる。

力を入れすぎたのか、奈緒がベッドから転がり落ちた。

あまりにもすごい勢いで落ちたので、心配になった。

「おい、大丈夫か？」

下を見ると、絨毯《じゅうたん》にうつ伏せに倒れた奈緒のワンピースが腰までまくれあがって、
肌色のパンティストッキングから透け出したパンティの尻側がまともに見えた。

大きな尻をしているな、と思いながら、

「悪かった……大丈夫か？」

謝ると、奈緒がむっくりと起きあがって、またベッドにあがる。

「このくらい平気です。わたし、板長が抱いてくれるまで、つづけますから」

挑みかかるように言って、奈緒はまたのしかかってくる。

仰向けになった健太郎にすごい力で抱きついてきて、もう絶対に離れないという勢いでしがみついてくる。そのいじましい姿に健太郎の心は揺れた。

ショートヘアが顎《あご》に触れていた。

そして、大きな胸が弾むように上下動するのも、感じる。

ワンピースもまくれあがって、シームの入ったパンティストッキングから白いパンティに包まれた尻が透けて見える。

「わかったよ。降参だ……」

言うと、奈緒がポロシャツをたくしあげ、ランニングシャツもずりあげて、あらわになった胸板に頬擦りしてきた。

「板長……すみません。やっぱり、板長って呼ばせてください。板長に元気になってほしいんです。今夜だけ、恋人でいさせてください」

殊勝《しゅしょう》に言う。健太郎は答えられない。

すると、沈黙を肯定と受け取ったのか、奈緒が健太郎の乳頭に唇を寄せてきた。

そっと繊細に唇で乳首を挟み、ちゅっ、ちゅっとキスを繰り返した。

その思ってもみなかった繊細でやさしい愛撫に、健太郎は面食らった。

奈緒は乳首に舌を走らせながら、右手をおろしていき、ズボンのベルトをゆるめた。

ズボンのなかに手をすべり込ませ、ブリーフの上から、股間のふくらみを撫でてくる。

指づかいも驚くほどに細やかで巧みだった。

どこでこんな愛撫を身につけたのだろう？　ブリーフ越しに肉茎の形に沿って柔ら

かくなぞられ、時々握って、ぎゅっ、ぎゅっと圧迫されると、分身が力を漲らせてくるのがわかる。

長年、排尿器官に堕《だ》していたおチンチンである。

だが、郷子のテレホンセックスを覗いてから、何かが変わりつつあるのを感じていた。長らく眠っていた下半身の欲望が目覚めつつあるのを感じ取っていた。

きっとそういう時期にあるのだ。

今も、下腹部に怒張感がふくらんでくると、大人の分別が徐々に薄らいでいき、せっかく奈緒がここまでしてくれるのだから、それに身を任せようという気になる。

「板長のここ、硬くなってきたわ」

奈緒は乳首に唇を接したまま見あげ、口尻を吊りあげた。

表情をうかがいながら、右手をブリーフのなかにすべり込ませてくる。

「おっ……！」

分身にしなやかな指がからみついてくるのを感じて、健太郎は思わず声をあげていた。

女の指でムスコを握られるなど、いつ以来だろう？

やはり、自分のゴツゴツした指とはまったく感触が違う。

しっとりと湿っていて、しかも柔らかい。

肉茎にまとわりついた五本の指がゆっくりと動きはじめた。たるんだ包皮を亀頭冠の裏にぶつけるようにきゅっ、きゅっとしごかれると、得も言われぬ陶酔感がふくらんできて、知らずしらずのうちに声をあげていた。

「おっ、おっ、おっ、おっ……」

すると、奈緒は見あげながら微笑んで、いっぱいに出した舌で乳首をあやしてくる。思いも寄らないぞくぞくっとした戦慄が流れ、それに、下腹部をしごかれる直接的な快感が加わって、下半身がひとりでに持ちあがってしまう。

「ふふっ、あそこがビクビクって。板長が感じてくれて、すごくうれしい」

奈緒は上体を立て、ワンピースを裾のほうからまくりあげて、首からあっさりと抜き取っていく。

あらわれた下着姿に、目を見張っていた。

小柄ながら、むちむちとした身体である。昔で言うところのトランジスタグラマーというやつだ。

純白のレース刺繍《ししゅう》の入ったブラジャーが、ゴム毬《まり》のような双乳で持ちあがって、深い谷間を刻んでいた。そして、パーンと張った尻には、小さな白いパンティが横に伸びて、かろうじて秘所を覆っていた。

ウエストはくびれているとは言い難いが、胸や尻の出るべきところが出ているので、健康的なお色気がむんむんと匂い立っている。

張りつめたダイナマイトボディに見とれていると、奈緒が健太郎のズボンとブリーフを足先から抜き取った。

押しさげられるはなから、頭を振って姿をあらわした肉の柱はすごい勢いで頭をもたげていて、自分でもその元気さに驚いた。

（そうか、まだ俺も女を前にして、こんなになるのか……）

臍《へそ》に向かっていきりたっているムスコを、誇らしくさえ感じる。

「すごいわ、板長の……こんなになって」

ランジェリー姿の奈緒が、うっとりした目を怒張に向けて、吐息をついた。

それから、足の間に腰をおろし、真下からそっと肉柱を握ってくる。

皺《しわ》くちゃの包皮を引き伸ばすようにきゅっ、きゅっとしごきながら、その効果を推し量っているように健太郎を見た。

「気持ちいいですか？」

「ああ……気持ちいいよ」

「ほんとうは、もっと早くこうしたかった。でも、板長、いざとなると腰が引けるんだから……」

「師匠が、弟子に手を出すわけにはいかないだろう」

「そうですか？　でも、弟子は師匠だからこそ、萌《も》えるんですよ」

そう言って、奈緒が顔を寄せてきた。

足の間に這うようにして、尻を突き出し、いきりたつものを握りながら、先端にちゅっ、ちゅっと窄めた唇を押しつけてくる。

「おい、匂うだろう？　シャワーも浴びてないんだぞ」

「オシッコの匂いだわ……でも、全然気にならない。むしろ、愛《いと》おしい……」

奈緒は唇を亀頭部に接したまま言って、指で割れ目を開いた。

尿道口をひろげると、そこにツーッと唾液を落とした。

小さな湖に溜まっているだろう唾液を塗り込めるように、舌を鈴口にちろちろと躍らせる。

「うっ……おい、よせ」

内臓をじかに舐められているような峻烈な感覚に、体がこわばってしまう。

だが、奈緒はいさいかまわず尿道口を丹念に舐めてくる。

と、おぞましさが快感に変わっていった。

深いところから湧きあがってくる、奇妙だが強烈な快美感に、体がよじれた。

奈緒はここぞとばかりに肉棹を指でしごくので、いっそう感覚がさしせまってきた。

「おい……くっ……くっ……」

次の瞬間、肉棹を握っていた手が離れて、その下の皺袋を持ちあげるように撫でてきた。

二つの睾丸《こうがん》の在《あ》り処《か》を確かめるようにかるく握り、それから、お手玉でもするように下からぽんぽんとあやしてくる。

「おっ……おおぉぉぉ」

思わず唸《うな》っていた。

すると、袋からさがっていった指が、今度は会陰部をなぞってきた。

睾丸と肛門を繋《つな》ぐ敏感な縫目を、しなやかな指がバイブレーションさせるように細かく叩きながら、時々、擦ってくる。

本体を……と熱望したとき、それがわかっていたかのように、唇が肉棹をすべって根元まで頬張られた。

（……気持ち良すぎる！）

この快感は、ひさしぶりのセックスだからだけというわけではないだろう。

奈緒は股間に這いつくばるようにして、ゆったりと顔を打ち振りながら、時々、様子をうかがうように健太郎を見る。

健太郎も肘をついて、奈緒が咥えているところを見る。

二人の視線がからみあうと、奈緒ははにかんだように目を伏せ、ゆったりと、だが情熱的に唇を往復させる。

ぽっちりとしたサクランボのような唇が、勃起の表面を上から下まで満遍なくすべっていく。

適度な圧力と唾液にまみれた口腔の温かさが、途轍《とてつ》もなく気持ちいい。気持ちいいとしか言いようがない。

(そうか、フェラチオはこんなに素晴らしいものだったんだな)

すっかり忘れていたものを思い出したような気がする。

と、奈緒はいったん肉棹から口を離し、下から舐めあげてきた。

裏筋に沿って、ツーッ、ツーッと何度も舌を走らせる。それから、亀頭冠の真裏の包皮小帯に舌を細かく打ちつけてくる。

ここがこんなに気持ちいい箇所だとは――。

そして、奈緒はそこが男の急所であることを知っているのか、丹念に集中的にその一点を攻めてくる。

いったん舌を離し、亀頭冠の真裏を指腹でずりずりと擦り、そうしながら、皺袋をもう片方の手であやし、同時に裏筋に舌を走らせる。

巧みな愛撫に、健太郎は全身がこわばるのを感じた。

若い頃なら、我慢できずに放出していたかもしれない。だが、五十歳を越えて、健太郎は長持ちするようになっていた。

長持ちと言えば聞こえはいいが、要するに鈍くなって、射精しにくくなった。喜ぶべきか悲しむべきか、遅漏《ちろう》とまではいかないが、それに近い状態になっていた。

3

「奈緒のあそこを舐めたい。またがってくれないか？」

言うと、奈緒は顔をあげて、恥ずかしそうに呟いた。

「でも、板長にあそこを見られるなんて、いやだわ」

「俺だって、チンチンをさらしてるんだぞ」

「……わかりました」

殊勝に言って、奈緒はブラジャーを外し、パンティを脱いだ。その間に、健太郎も裸になる。

あらわれた凹凸《おうとつ》の激しい裸身に目を奪われているうちに、奈緒は尻を向ける形でおずおずと健太郎の顔面をまたいできた。

満遍なく肉をたたえた、ぴちぴちした尻たぶの間に、薄茶色の窄まりがのぞき、その下に、女の恥肉が息づいていた。

ひさしぶりに女性器を目の当たりにしたせいか、妙に生々しく感じてしまう。

肉びらがよじれながらひろがり、内部の複雑な赤みが顔をのぞかせ、粘膜がぬらぬらと光っている。

アワビのような形でいやらしく、男を誘っている。奈緒のような勝ち気な女にも、こんなものがついているんだな――。

「ねえ、板長……舐めてください」

奈緒が腰をくねらせてせがんでくる。そうしながら、肉棹を握って強弱つけて圧迫している。

「しょうがない弟子だな」

口ではそう言いながらも、すでに欲望は止まらなくなっていた。

健太郎は尻たぶとともに陰唇を開き、顔を持ちあげて、赤く濡れた狭間を舐めた。下から上へと舌でなぞると、

「あんっ……！」

奈緒が反応して、肉棹を握る指に力がこもる。

（そうか、こういう味だったか……）

磯臭《いそくさ》いプレーンヨーグルトのような味覚を確かめながら、ひたすら舐めた。

すると、奈緒は「あっ、あっ」と断続的に声を放って、もっととばかりに尻を押しつけてくる。

「コラッ！　もう少しお淑やかでないと、男に呆れられるぞ」

ベッドの上でも、師匠ぶっている自分がいる。

「ああ、だって……自然に腰が動いちゃうんだもの」

奈緒が腰の動きを止めて、言う。

もう三十三歳。身体が開発されていて、当然だ。

今は恋人はいないと言うが、過去にはきっと彼氏と激しいセックスをしてきたのだろう。処女性などというのは、男の自分勝手な妄想であることくらいは、健太郎もわ

かっている。

「少しは我慢しろと言っているんだ。そうすれば、男は逆にそそられるんだぞ」

「はい、わかりました、師匠。我慢します」

「わかればよろしい」

冗談ぽく言って、健太郎は陰唇の外側を舐める。

そんなに経験が多いわけではないが、ここが女性の性感帯であることくらいは知っている。

尻たぶをぐいと開いておいて、左右の肉びらに沿って、その外側の変色した部分にツーッ、ツーッと舌を走らせる。

「あっ……そこ……くっ、くっ……」

こらえきれなくなったのか、奈緒はビクッ、ビクッとして、声を押し殺す。

「ほら、咥えて……」

「ああん、忘れてた」

下腹部がすぐに温かい口腔に包まれた。

ゆったりと唇が表面をすべり、むずむずした快美を感じながら、健太郎も陰唇の縁《へり》を舐めてやる。

鶏頭《けいとう》の花のように褶曲《しゅうきょく》した縁に沿って舌を走らせる。

「んっ……んっ……んん」

よほど気持ちがいいのか、奈緒は口を動かすのも忘れて、もたらされる悦《よろこ》びに腰をくねらせる。

「縁が感じるんだね？」

訊くと、奈緒は咥えたまま小さくうなずいた。

健太郎はふっくらした陰唇の縁を指先でくすぐりながら、下方にある突出部に舌を這わせた。

勃起した陰核はすでにあふれでた蜜でしとどに濡れていた。包皮ごとちろちろと舌先であやすと、

「くっ……くっ……ぁあああ、いい。板長、そこ、いいのよ」

奈緒は肉棹を吐き出して、腰をますます突き出してくる。

「コラッ、しゃぶりなさい」

「はい……ゴメンなさい」

素直に答えて、奈緒はまた分身に唇をかぶせる。

右手で根元を握り、あまった部分を「んっ、んっ、んっ」とつづけざまに唇で擦っ

てくる。

柔らかな唇の内側で、敏感な亀頭冠の裏側を素早くしごかれて、ジーンとした疼《うず》きがひろがってきた。

やはり、女の口は自分の手とは全然違う。

そこには、うっとりとして我を忘れるほどの陶酔《とうすい》感があった。

しばらく天にも昇る感触を味わって、いや、男は受身だけではダメだと思い立ち、ふたたび肉芽を攻める。

包皮を剝いて、赤い尖《とが》りに舌を走らせ、かるく吸う。

吐き出して、唾液と蜜にまみれた尖りを指でくにくにとこねた。それからまた、舌で上下左右に弾《はじ》く。

ビクッ、ビクッと腰が撥ね、やがて、頬張っていられなくなったのか、奈緒は肉棹を吐き出して、

「ぁああ、ぁああ……いいの。板長、もう、もう……」

「我慢できなくなった？」

奈緒が大きくうなずいて、腰をくなり、くなりと横揺れさせた。そのたびに、蜜にまみれた亀裂も揺れて、男を惑わす甘い性臭がただよってくる。

「いいぞ」

言うと、奈緒は待ってましたとばかりに、腰をあげ、こちらを向いて腰にまたがってきた。

伏せた丼の、中心部を引っ張ったようなたわわな乳房である。ピンクの乳暈が粒立ち、乳房の大きさのわりには乳首は小さい。

肉づきが良く、全体的にむちむちしていて、触ったらいかにも具合が良さそうな体つきだった。

奈緒は右手でいきりたった肉柱をつかみ、左手で陰唇を開いて、そこに亀頭部を擦りつけた。ぬるっ、ぬるっと先端が潤みですべり、

「ああぁ、ぁあああぁ……」

と、顎をせりあげて、腰を前後に揺すった。

それから、濡れた亀頭冠を狭間に押しあて、ゆっくりと沈み込んできた。

先端がとば口を割ったところで、「ああ」と顔を反らせ、屹立《きつりつ》を迎え入れようとして、腰を微妙にくねらせる。

硬直が温かい泥濘《ぬかるみ》をうがっていくと、

「はうぅぅ……」

腰の上で上体を一直線に伸ばした。

「くぅぅ……」

と、健太郎も奥歯を食いしばっていた。

温かく、適度に緊縮力を持った女の壺《つぼ》が、ひくひくとうごめきながら、ムスコを包み込んでくる。

ただ挿入しただけなのに、内部の肉畝《にくうね》がウエーブを起こしたみたいにざわめき、クイッ、クイッと分身を引き込もうとする。

(女のなかって、こんなにも気持ちいいものだったんだな)

これも神様の仕組んだ巡り合わせなのだろうか、弟子の女性板前に男の悦びを思い出させてもらうとは——。

「ぁああ、ぁああ……」

しばらくじっとしていた奈緒が、焦《じ》れたように腰を振りはじめた。

両膝をぺたんとベッドにつき、柔軟な腰を前後に打ち振って、

「ぁああ、ぁああ……いい……板長、たまらない」

のけぞったまま、感極《かんきわ》まったような声をあげる。

健太郎は、いきりたった分身が根元から揺さぶられて、膣で擦られる快感に酔いし

れながら、奈緒の姿を目に焼きつけた。

前についた両腕に挟まれた乳房が圧迫されて、そのたわわなふくらみの中心から二つの目に似た乳首がこちらをにらみつけている。

そして、充実した腰がまるで何かに憑《つ》かれたように、くいっ、くいっと鋭角に打ち振られている。

半年前までは、健太郎のもとで働いていた。その彼女が自分の上で、女の欲望をあらわに腰を振っている――。

どこか現実ではないようだが、それだけにもたらされる昂奮も大きい。

奈緒が膝を立てて、腰を持ちあげた。

腹の上で大きくM字に開かれた左右の太腿の翳《かげ》りを打ち割るようにして、自分のおぞましいほどの肉棹がとば口に突き刺さっている。

と、蹲踞《そんきょ》の姿勢で、奈緒が腰を縦に振った。

スクワットでもするように腰が上下に移動して、肉棹が濃い翳りに吸い込まれ、また出てくる。

「気持ちいいですか？」

腰を振りたてながら、奈緒が訊いてくる。

「ああ……気持ちいいよ。奈緒とできるなんて、まだ信じられないよ」

「わたしも、わたしもそうです……ぁああ、板長。こうしたかった。ずっと、こうしたかった……」

奈緒は後ろに手をついて、上体をのけ反らせた。

健太郎の太腿に両手を載せてバランスを取りながら、腰をしゃくるようにつかった。前後に揺すりながら膣で肉棹をしごきあげるような動きである。

蜜まみれになった肉棹が、肉環を押しひろげながら、ずりゅっ、ずりゅっと女の秘部をうがつ光景がまともに目に飛び込んでくる。

男には目で女の痴態を見ることで昂奮するという性質があるのだろう。

一緒に働いていた頃の奈緒からは想像できないような、そのふしだらな動きに、健太郎は脳味噌が沸騰するような昂奮を覚えた。

「ぁああ……見えます？　板長、見えます？」

「ああ、よく見える。いやらしいな。奈緒のあそこが俺のに嚙《か》みついているようだ」

「そうよ。そうなの……奈緒はずっと思っていたのよ。板長を食べちゃいたいって……ぁああ、ああ……いいよ、いい……板長のがぐりぐりしてくる。ぁああ、ぁあうぅぅぅぅ……くっ！」

かるく昇りつめたのだろうか、脱力した奈緒がこちらに向かって倒れ込んできた。

はあはあと息を切らしている奈緒の肢体を、下から抱きしめた。

「もう、イッたのか？」

背中と尻を撫でながら訊ねると、

「はい……」

恥ずかしそうにしがみついてくる。

たわわすぎる乳房を胸板に感じながら、健太郎は汗ばんだ女体の感触と重みを味わっていた。

しばらくすると、奈緒がもどかしそうに腰を揺すりはじめた。

「どうした？　また欲しくなったか？」

「はい……奈緒の身体、どうかしちゃったみたい」

奈緒が耳元で恥ずかしそうに答えた。

「よし、今度は俺の番だ」

そう言って、健太郎は奈緒の胸に潜り込んだ。

ぬるっとすべるほどに汗をかいた乳房の中心をさがしあてて、頬張った。

口のなかで舌を躍らせて、乳首をねろりねろりと舐める。

しこっていた乳首がいっそう硬くなってきて、その存在感のある突起を指で転がしながら、もう一方の乳首にしゃぶりついた。

「ぁあぁ、それ、いい……板長、感じる。ぁあぁ、あぁあ……動いちゃう」

奈緒は両方の乳首を攻められながら、もうこらえきれないとでも言うように、のけぞったまま腰をくねらせる。

左右ばかりか、上下にも打ち振って、抜き差しをせがんでくる。

健太郎は焦らして、左右の乳首をじっくりとかわいがった。

両手の指で同時に二つの乳首を圧迫しながらくりくりとこねまわし、側面をつまんでこよりを作るようにねじってやる。

「あっ……あっ……ぁあうぅぅ……ねえ、板長……」

「どうした？」

「欲しいの」

「入れているだろ？」

「それだけじゃ、いや……動かして。突きあげて」

「しょうがないな。全然、お淑やかになってないじゃないか」

口ではそう言いながらも、健太郎も昂っていた。

胸から顔を抜いて、両手で尻をがっちりとつかみ寄せた。その状態で、下から突きあげてやる。

女の重みを撥ねあげるようにぐいっ、ぐいっと腰をせりあげると、硬直が斜め上方に向かって膣肉を擦りあげて、

「あんっ、あんっ、あんっ……」

奈緒はもうたまらないと言うように、喘ぎ声をスタッカートさせる。

「いいか？」

「はい……板長、いいよ。いいの……板長がわたしのなかにいる。突きあげてくる。あっ……あっ……うぐぐ……響いてくる。お臍まで届いてるぅ」

さしせまった声をあげて、奈緒はそうしないといられないといったふうに、健太郎の肩にひしとしがみついてくる。

汗っかきなのだろう、ミルクに似た匂いの汗が全身に滲み出し、尻をつかんでいる手もすべる。

すべりながらも、弾力あふれる尻の肉層をつかんで、撥ねあげる。

やはり、こうでないと、と思う。

年代のせいなのか、女性に主導権を握られたセックスは、確かに楽ではあるが、ど

こか物足りない。

たとえ幾つになっても、男はせめて閨の床くらいでは、女を支配したいものだ。

何年ぶりかのセックスで自分にそれができていることが、爆発的な歓喜を生んだ。

「おおぅ、奈緒……いいか、いいか？」

遮二無二《しゃにむに》なって、下から突きあげると、

「あんっ、あんっ、あんっ……いい。板長……いいのよ。イキそうなの……板長のおチンチンでイキそうなの……」

奈緒がますます強くすがりついてくる。

「いいんだぞ。イッて……そうら」

様子を見ながら、時々尻を叩き、適度な刺激を与えつつ、規則的に下から腰を撥ねあげた。

「あっ……あっ……イク……貫いて。奈緒をメチャクチャにして、お願い！」

「そうら、メチャクチャにしてやる」

もう、エネルギーが尽きかけている。ギアをトップに入れて、

「奈緒、イケ……そうら」

最後の力を振り絞って、猛烈に叩きつけると、

「あん、あんっ、あん……イク……奈緒、イクぅ……やぁあああぁぁぁぁぁぁぁぁぁぁ、はうっ！」

奈緒はのけぞりかえって、がくん、がくんと裸身を躍りあがらせた。

気を遣ったのだ。健太郎の分身を包みこむ膣が、絶頂の痙攣をしながら収縮する。

一陣の風が吹き抜けると、奈緒はがっくりとなって、身体を預けてくる。

4

健太郎は奈緒を腕枕して、ぼんやりと天井を眺めていた。

意識的にやっているわけではないが、長年の習慣がそうさせるのか、女が隣に寝ていると、ついつい手が伸びて腕枕をしてしまう。

そして、奈緒は横臥《おうが》して、健太郎の下半身に右足を載せ、静かな呼吸を繰り返している。息をするたびに乳房や腹部が上下動し、その柔らかなものが健太郎にくっついたり、離れたりするのが感じられる。

まさか、奈緒とこうなるとは思っていなかった。

だが、いくらなかば強制的だったとはいえ、関係を持ってしまったのだから、奈緒の要求にはできる限り応えてあげたい。

つまり、自分が板長として復職し、その下で奈緒を働かせることだ。

辞めてすぐに、声をかけてくれる料理店はあったが、すべて断ってしまった。

しかし、男の人生を、女と寝たからといって、決めてしまうというのはどうなのだろうか？

などと思いを巡らせていると、ブーッ、ブーッとケータイの着信音が聞こえた。自分のケータイだ。

「板長、出ていいですよ」

「そうか……」

健太郎はベッドを出て、ホテルのバスローブをはおり、脱ぎ捨ててあったズボンのなかに入っているケータイを取り出した。

郷子からだった。

(何だろう……？)

窓に向かって歩きながら、応答する。

「はい……私だが。郷子さんか、どうした？」

『すみません。お電話してしまって、お邪魔じゃありませんか？』

「いや、大丈夫だよ。何？」

健太郎は応えながら、窓辺に立ち、カーテンを開けた。

屹立した幾つかのビルの灯《あかり》と、高速道路に数珠《じゅず》のように繋がっている車のテールランプが目に飛び込んでくる。

『明日の献立の件なんですが……』

郷子は、明日の夕飯に必要な食材が、どうしても手に入らないということを、申し訳なさそうに告げた。ちょっとレアな食材だから、近所の店には置いてないのだろう。

「そうか、ないか……まあ、いいさ。じゃあ、違う献立にするから。気にしなくていいから」

郷子はさかんに恐縮して謝っていた。それから、訊いてきた。

『あの、お義父《とう》さまは今、どこにいらっしゃるんでしょうか？』

「どこにって……レストランを出て、近くの飲み屋で飲んでるよ」

『ああ……すみません。余計をことをお聞きして』

「いや、いいよ」

『それで、お帰りになるのはいつになりますか？』

まるで女房みたいだな、と思いつつも答えた。

「遅くなるから、先に寝ていていいよ」

『わかりました。では、お邪魔ですから、切りますね。すみませんでした、お愉《たの》しみの最中に……気をつけて帰ってくださいね。それでは……』

電話が切れた。

明日の献立の件を確認したかったのだろうが……。

かつて一緒に働いていた女調理人と、ホテルのレストランで会うと言ってあるので、郷子も余計なことを考えたのかもしれない。

いや、余計なことではない。実際に、健太郎はその彼女とベッドにいるのだから。

女の勘は怖い――。

ホテルの客室にいることが、ばれてしまったのではないか？　いや、わからないだろう。

しかし、心配してくれているということは、それだけ、自分のことが気になっているということだ。満更《まんざら》でもない気持ちでいると、

「どなたからですか？」

バスローブ姿の奈緒がベッドを出て、近づいてきた。

薄手の白いバスローブをはおっただけなので、二つのたわわすぎる乳房と、下腹部

の黒々とした翳りがちらちら見える。

「あっ、いや……息子の嫁からだよ。心配してくれたようだな」

「明日の献立だとか、何とか聞こえましたけど」

怪訝《けげん》そうな顔で言って、奈緒が向かい側のソファ椅子に腰をおろした。さっと足を組んだので、下になった太腿がかなり際どいところまで見え、ドキッとしながらも、

「じつは、郷子さんに料理を教えていてね……」

「どういうことですか？」

求められるままに、経緯を話すと、

「板長。そんなことをしている暇があったら、働いてください」

奈緒がむっとしたように口を尖らせた。

「おいおい、嫉妬しているのか？」

「するわけないじゃないですか！　どうして、わたしがその郷子さんとやらに嫉妬しなくちゃいけないいんですか？　バカなことは言わないでください」

どうやら、余計な一言で、奈緒を怒らせてしまったようだ。

奈緒も郷子も、自分の弟子という点で一緒だから、奈緒が同じ立場の相手に焼き餅《もち》を焼いたのかと思ったのだが……。

「わかった。謝るよ、このとおりだ」

深々と頭をさげた。顔をあげて、

「そろそろ、帰らなくては……」

腰をあげようとすると、奈緒がすっ飛んできた。

健太郎の前にしゃがんで、膝にすがりついた。

「ダメ。まだ、帰っては」

「しかしな……」

「電話を受けてから、板長、何かそわそわしている。奥さんの電話で、びびってる旦那さんみたい」

「いや、そういうわけじゃないよ……」

「だったら……だいたい、板長。まだ、出してないでしょ？」

奈緒の手がバスローブの前を割って、くたっとした肉茎に触れた。

「いいんだ。歳のせいか、女性のなかにはなかなか出せなくなってね」

「可哀相《かわいそう》……この子だって、きっと女のなかで出したいって思ってるわ」

奈緒は見あげて言って、その間も肉の芋虫をいじっている。

「出してないから……ほら、少しずつ硬くなってきてる」

にこっと笑って、奈緒が頬張ってきた。

まだ柔らかいものを、口のなかでにゅるにゅるされると、帰宅しなければという思いとは裏腹に、下腹に力が漲ってくる。

徐々に硬化して棒状になったものを、奈緒が首を縦に振ってしごきはじめた。

緩急をつけて頬張りながら、バスローブを肩から脱いで生まれたままの姿になり、肉棹をちゅるっと吐き出した。

ふふっと笑い、いきりたちに胸を寄せて、グレープフルーツほどもある双乳で肉柱を挟み込んだ。

「ほらっ、かわいい亀の頭がオッパイから顔を出してる」

見あげて言って、下を向いた。

それから、左右の乳房を互い違いに上下動させる。右側をあげるときは、左側をさげ、それを繰り返しながらますますふくらみを押しつけてくる。

「お、おい……」

「いやですか？」

「いや、そういうことはない」

「気持ちいい？」

「まあな……」

健太郎の分身は感覚が鈍っているせいか、物理的な気持ち良さがそれほどあるわけではない。だが、奈緒のような女が自分のために、パイズリまでしてくれているというその気持ちがうれしい。

短い髪を撫でてやる。

すると、奈緒は父親に頭をよしよしされる子供のような顔で健太郎を見あげ、その間もさかんにオッパイを擦りつけてくる。

仰向いた顔がゆがみ、目が閉じられ、

「あっ……」

奈緒が喘いだ。

手許を見ると、奈緒は巨乳を揉みしだき、中央に寄せながら、人差し指で乳首をこねていた。

広めの乳暈からツンとせりだした突起を、指腹で押しつぶすようにして、くりくりとまわしては、

「あっ……あっ……」

悩ましく喘ぐ。

その卑猥と言っていい姿が、いったん下火になっていた健太郎の欲望をふたたびかきたててくる。

「立って。こっちに胸を突き出してごらん」

言うと、奈緒は腰を伸ばして、ソファ椅子に腰かけている健太郎に向かって、乳房を差し出してくる。

健太郎も左右の乳房を鷲づかみにして、むにゅむにゅと揉みしだき、そして、向かって左側の乳首を口に含んだ。

すでにしこり勃《た》っている突起をチューッと吸い、いったん吐き出して、上下左右に舌で撥ねてやる。唾液でぬめった乳首をまた吸うと、

「ああぁぁ……いい……」

奈緒は心底から気持ち良さそうな声をあげ、同時に膝のあたりで健太郎の股間を擦ってくる。

勃起が硬い膝で擦られるそのちょっとハードな刺激が、健太郎には心地好い。

下半身から立ち昇る快感をこらえて、左右の乳首を吸いまくった。右側を舐め、吸っているときは、左側の乳首を指でくにくにとこねる。

すると、奈緒はもうたまらないといったふうに声をあげて、いっそう胸を押しつけ

てくる。

右手をおろしていき太腿の間をまさぐると、そこはもう洪水状態で小水を漏らしたかと思うほどに大量の愛蜜があふれでていた。

「すごいな、奈緒のここは。ぬるぬるしてるぞ」

乳首に唇を接したまま言う。

「ああん、恥ずかしい……だって、すればするほどもっと欲しくなるんだもの」

「感じやすいんだな」

「板長だからよ。板長だからこうなるの……ぁああ、ああんん……」

奈緒は自分から、健太郎の右手に濡れ溝を擦りつけて、艶かしく喘ぐ。

中指を立てて押し込むと、泥濘にぬるっと付け根まで嵌まり込んで、

「ぁあああ……」

奈緒は肘掛けにつかまって、気持ち良さそうに顔をのけ反らせた。

まったりと潤んだ粘膜がふくらみながら、健太郎の中指を包み込んでくる。

健太郎は人差し指を加えて二本の指を立て、リストを利かして女の坩堝《るつぼ》に叩き込んだ。

粘着音がして、蜜があふれて手のひらを濡らし、

「あっ……あっ……ああん、いい、いい……」

奈緒が顔を激しく上げ下げした。

「こうすれば、もっと良くなるかな」

健太郎は立てた指を内側に曲げて、膣の腹側を押し広げるようにノックしてやる。

「あっ、あっ……それ！」

奈緒がかくっ、かくっと膝を落とす。

やはり、Gスポットが強い性感帯のようだ。

内側のスポットを指を尺取り虫みたいにして擦りあげ、そこに、スライド運動を加えると、

「あっ……あっ……ダメ……ダメっ」

ダイナマイトボディのところどころに細かい痙攣が走りはじめた。

健太郎は指を抜き、身体を入れ替えて、ふらふらしている奈緒をソファ椅子に座らせた。

両足を肘掛けにあげさせると、M字に開いた太腿の奥で、女の恥肉があからさまな姿を見せていた。

肉厚な陰唇がまくれあがって、薔薇《ばら》のような複雑な襞の重なる内部がわずかにのぞいている。

さすがにこの格好は恥ずかしいのか、奈緒が顔をそむけた。

健太郎はしゃがんで、命じた。

「自分でビラビラを開きなさい」

「ああん、板長、思ったよりSなんだから」

奈緒はそう言いながらもどこかうれしそうで、両手を股間に添えて、陰唇をおずおずと引っ張る。

真っ赤なぬめりがぬっとあらわれ、ホテルの間接照明にいやらしく浮かびあがって、ぬらぬらと光っている。

「そのまま、開いたままだぞ」

健太郎は顔を寄せ、舌をいっぱいに出して、狭間を舐めあげた。ぬるっ、ぬるっと連続してなぞりあげると、奈緒は鼠蹊《そけい》部をびくびくさせて、

「あっ……ぁあああん、いい……板長があそこを舐めてくれてるぅ」

叫ぶように言う。

若干の恥ずかしさを感じながらも、下方のH字型の窪《くぼ》みに丸めた舌を差し込んで、抜き差しをする。

「ぁあああ、それ……板長、包丁捌《さば》きと同じくらいに舌捌きも上手だわ……んっ、

んっ、んっ……」

顔をのけ反らせながらも、奈緒は両手で陰唇を開きつづけている。

「板長……欲しくなった。また、欲しくなった……お願い、お願いよぉ」

奈緒は指を動かして、陰唇をくちゅくちゅと開閉させながら、腰をたまらないとでも言うように揺すり立てる。

「しょうがない弟子だな」

健太郎は奈緒を立たせ、椅子の肘掛けにつかまらせて、腰を後ろに引き寄せる。

一回繋がって体がセックスを思い出したのか、ごく自然に次の行為が思い浮かぶ。

何年もしていなかったのだが、セックスの技術は車の運転と同じで、いったん沁み込んだものはなかなか忘れないものなのだろう。

ほっと一安心し、尻を引きつけて、猛《たけ》りたちを慎重に押し込んでいく。

ぷりっとしたヒップの底に分身が嵌まり込むと、

「くっ……！」

奈緒が頭を撥ねあげて、背中をしならせた。

（おっ……いい感じだぞ）

さっきと違って、まったりと包み込んでくる粘膜を如実《にょじつ》に感じられる。

（これだったら射精できるかもしれない）

芽生えかけた快感を育てようと、ゆっくりと打ち込んで、感じる角度や速度をさぐっていく。

すると、その緩慢なストロークが逆に感じるのか、

「ぁあああん、いいの、いい……感じる。板長のおチンチンが入ってくるのがよくわかる」

上体を低くして、腰を鋭角に持ちあげた奈緒が、肘掛けをつかむ指に力を込める。

健太郎は前に屈んで、右手をまわし込み、豊かな乳房を荒々しく揉みしだいた。大きすぎて、揉んでも揉んでも底が感じられず、そのもどかしいような肉感がたまらないのだ。

乳首をさぐりあてて、こりこりと横にひねる。素早くねじると、

「あんっ……」

膣肉がきゅっと締まってきて、それが心地好い。

右手を結合部分までおろしていき、巻き込まれているクリトリスを引き出すようにして、くりくりとこねた。

「やっ……やっ……そこ、いい。いい、いいのよぉ」

奈緒は内股になって、かくん、かくんと膝を折った。

そのたびに、膣肉が収縮して分身を締めつけてきて、甘い疼きがひろがってくる。

健太郎はふたたび腰をつかみ寄せて、ストロークに集中した。

最初はゆっくり、それから、少しずつ強く、速く打ち込んでいく。

とろとろに蕩けた粘膜が肉棹にからみついてくる。緊縮力も潤滑性も高い。

一瞬、洩らしそうになって、それをこらえようと外を見た。

一メートルほどの幅で開けられたカーテンの向こうに、都会の夜空がひろがり、その下に幾つかのビルが見える。

ふと思いついて、言った。

「よし、奈緒。外を見ながらしようか」

「えっ？　大丈夫？」

「平気だよ。どこからも覗かれないさ」

健太郎は後ろから繋がったまま奈緒を移動させ、サッシにつかまらせた。

背中を伸ばすストレッチの形で両手をガラスにつかせ、尻をぐいと引き寄せ、さらに、背中を押して挿入角度を調節する。

いきりたちがちょうどいい感じで、膣肉をうがつ角度だ。

「ああ、板長。誰かに見られたらどうしよう？」

前を向いて、奈緒が不安そうな声を出す。

「見えないと思うけど、まあ、見せてやればいいさ」

ウエストをつかんで、静かに腰を突き出していく。坩堝と化した肉路がすべり動く肉棹にからみつき、まとわりついてきて、ぐっと性感が高まった。

ガラスには、女の背後でさかんに腰をつかう自分の姿が映り込んでいた。ちょっと恥ずかしいが、悩ましい曲線を見せる女体にシンボルを打ち込んでいる姿は、誇らしくもある。

やはり、男は女をよがらせて、男としての自信や生きるエネルギーを得るものかもしれない。

窓の向こうには群青色の夜空とその下に広がるビル群の灯が見えて、何だか自分が都会の夜にのしかかって、犯しているような気さえしてきた。

奈緒は下を向いて、アンアン喘いでいる。

そして、健太郎も甘い疼きが急速にふくらんでいくのを感じていた。

(なかに出せるかもしれない)

腰をつかみ寄せて、徐々に打ち込みを強くしていく。

尻肉と下腹部がぶつかって、圧縮された空気がパチン、パチンと爆《は》ぜる。

「そうら、奈緒……どうだ？」

「いい、いいのよ……板長、いきそう。また、イッちゃう」

奈緒が顔をあげたので、ガラスに映り込んだ奈緒と目が合った。

眉をハの字に折り、泣き出さんばかりの顔で鏡のなかの健太郎を見ている。

(そうか……奈緒もこんな女らしい顔をするんだな)

男はこの顔を見たくて、女とまぐわうのかもしれない。

「奈緒、出そうだ。今度は出そうだ」

そっくり返るように叩きつけると、破裂音がいっそう高くなって、

「あんっ、あんっ、あんっ……ぁああ、板長……来て、来て！」

奈緒がガラスをつかむ指に力を込めて、訴えてきた。

「イクぞ。出すぞ。奈緒もイッていいぞ」

健太郎は射精に向かって、懸命に腰をつかう。気持ちいい角度をさぐり、深度をさがし、速度を調節する。

「あっ……あっ……ぁああ、ダメっ……もう、ダメ……イクわ、イッちゃう！」

「そうら、イケ。出すぞ、出すからな……」

もっとも感じる角度を見つけ、思い切り腰をつかった。

と、奥のほうの扁桃腺《へんとうせん》のようにふくらんだ粘膜が、亀頭冠とその裏に吸いついてきて、そこを猛烈に擦りたてると、健太郎も我を忘れた。

最後は無我夢中で腰を振り立てた。

「あっ、あっ……イク、イク、イッちゃう……やぁあぁぁぁぁぁぁぁ、くっ！」

奈緒がのけ反って、硬直した。

駄目押しとばかりに奥まで押し込んだとき、健太郎にも至福の瞬間が訪れた。

熱い体液が狭いところを無理やり突破していくような射精感が、全身へとひろがっていく。

「おっ……おっ……」

間欠泉《かんけつせん》のように噴出するたびに、がくっ、がくっと腰が落ちかける。

それをこらえて、最後まで出し尽くし、健太郎はがっくりとなって奈緒の背中に折り重なっていく。

女のなかに出したのは、いつ以来だろう？

思い出したように痙攣する奈緒の肢体を、健太郎はいつまでも抱きかかえていた。

第三章　新妻料理教室

1

「あっ、コラッ。ゴボウは皮に栄養があるんだから、皮を剝いてはダメだ。包丁の背でこそげとるんだ」

健太郎は家のキッチンで、エプロンをつけたボブヘアの若い女の覚束《おぼつか》ない手元を見て、叱りつけた。

高田茜里《たかだあかり》は郷子の友人で、二十二歳の若妻である。

健太郎が郷子に料理を教えはじめて二週間後――。

近所に住む友人で、結婚したはいいが料理が下手《へた》で、夫からさんざん文句を言われている新婚さんがいる。彼女に、自分と一緒に料理を教えてもらえないでしょうか。

お金は出すと言っているんですが——。

郷子にそう言われて、迷った末に教えることにした。

奈緒を抱いてしまったのだから、復職した健太郎の元で働かせてほしい、という彼女の願いを叶《かな》えてやりたい。

しかし、いまだ具体的な話はないし、今の自分のモチベーションでは、過酷な板長の座は務まらないだろう。

使われるのならまだしも、自分で日々の献立を考え、仕入れから実際の調理まで段取りをする板長は、安易な気持ちで引き受けては失敗する。

奈緒には申し訳ないが、今の自分には、この小さな料理教室の先生くらいが相応《ふさわ》しい。

それに、郷子の頼みは叶えてやりたかった。

今日、家にやってきたこの高田茜里は、外見的には、中肉中背でバランスの取れた体つきをしているし、顔の作りもアイドルにしてもいいくらいにまとまっている。

眉の少し上で前髪を一直線に切り揃えられたボブヘアで、その下の瞳はつぶらでくりくりしている。だが、料理に自信がないせいか、親に叱られっぱなしの出来の悪い子供のようにおどおどしている。

（しかし、これほど料理ができないとは……）

レベルを計ろうと、筑前煮《ちくぜんに》を教えているのだが、まずはその包丁づかいがなっていなかった。

と言うより、基礎がまったくないのだ。

干し椎茸《しいたけ》の戻し方もよくわかっていないし、ニンジンの皮はピーラーで剝くのが便利だが、ピーラーの存在さえ知らない。ニンジンを乱切りにする際にも、よくもこれほどまでに大小ができるなと不思議に思うほどに大きさがバラバラだった。

「きみは、お母さんが台所に立っているところを、見ていなかったのか？」

呆れて思いを口にすると、茜里が手を止めて言った。

「……すみません。母があまり家事をしない人で、それに、わたしも小さい頃から塾に通わされて、そんなに母が台所に立っているところを見たことがないんです」

「そうか……」

「料理を勉強しなくちゃと思っていたんですが、その前に結婚しちゃったんで、勉強する間もなくて。すみません」

茜里が心から申し訳なさそうに言うので、ちょっと可哀相になった。

「ご主人もまだお若いのよね、お幾つでしたっけ？」

二人の様子を傍《そば》から見守っていた郷子が、横から声をかけてきた。

「わたしより、三つ上ですから、二十五歳です」

茜里が答える。

絶対的な信頼を置いているらしく、郷子と接しているときは表情が和《やわ》らぐ。郷子が二十九歳で、茜里が二十二歳。お姉さま的存在として慕っているのだろう。

「ご主人、まだお若いから、気づかいがないっていうか……食べないときもあるって言ってたわね」

「ええ……ちょっと箸をつけただけで、『不味《まず》い』って、外に食べに行っちゃうんですよ。お義母《かあ》さまが時々いらして料理をお作りになって、そのときは『美味《おい》しい、美味しい』って、お代わりまでして……」

男の側から見たら、やはり、妻の手料理はとても大切なもので、それが不味かったら気持ちまで離れてしまうだろう。ましてや、母の味に思い入れがあるなら、なおさら失望感は大きくなるはずだ。

(そんな最悪の状態で自分を頼ってきてくれたのだからな……)

健太郎は何とかしてやらないと、という気になった。

「……男の心を繋ぎとめるのは、料理だからな。『男は胃袋でつかめ』という諺《ことわざ》もある。よし、何とかしようじゃないか」

健太郎はドンと胸を叩いていた。

「ねっ、お義父《とう》さまもこうおっしゃってくださるんだから、頑張りましょ」

郷子に肩を抱かれて、

「はい……頑張ります。ほんとうに何もできないのでご迷惑をかけると思いますが、一生懸命やらせていただきます」

「わかった。ほら、まごまごしていると、野菜が変色してしまう。焦らなくていいから、ひとつひとつ確実に、できれば手際良くな」

「はい……」

茜里がゴボウの表面を覚束ない手付きで削《そ》ぎ、一口大の乱切りにする。

その包丁捌きを見て、やれやれ大変だぞこれは、と頭を抱えたくなるのを、いや、初心者なんだからと気を取り直す。

それ以降はあまり怒らないようにして、懇切《こんせつ》丁寧に教えて、何とか、筑前煮を仕上げた。

一時間ほどして茜里が出来上がった筑前煮を大事そうにタッパーに入れて帰り、ほっと一息つきながら、二人で筑前煮中心の夕食を摂る。

向かいの席で郷子は黙々と食べていて、いつもと様子が違うと感じた。

「どうした？」

「……いえ、何でもありません」

そう答えるものの、どこか雰囲気がおかしい。

「何でもないことはないだろ？　どうしたんだ。私が茜里さんに怒ったから、それを責めているのか？」

「……その反対です」

思っていたことを口にすると、郷子はそれは違うとでも言うように首を横に振った。

「えっ……？」

「お義父さま、茜里さんばかり教えて、わたしのことなんかほっぽらかしで……」

郷子が唇を真一文字に結んで、プイと横を向いた。

「そんなことはないはずだが……」

「そんなことありました。そりゃあ、茜里さんは初心者だから、お義父さまが一生懸命になられるのもわかります。わたしもそれを望んでいました。でも、わたしにも教えてください」

確かにそう言われれば、茜里にかかりっきりで、郷子にはほとんど声をかけてやらなかった。

拗《す》ねているのだ。

そうか、郷子さんのように出来た女でも、嫉妬することがあるんだな――。

「……この前、女性の調理師さんに会ったときも、すごく帰りが遅くて……」

「いや、あれは相談に乗っていたから。心配しなくていいよ。何もしていないから」

後ろめたさがあるから、つかなくてもいい嘘をついていた。

「何かあったら困ります」

そう言って、郷子が上目づかいに健太郎を見た。

目尻のスッと切れた大きな目に、拗ねたような嫉妬しているような女の感情が宿っているような気がして、健太郎は胸を突かれた。

「確かに、今日は茜里さんにかかりっきりで、郷子さんに気がまわらなかった。これからは、郷子さんも見るから」

「……すみません。何か、わたし格好悪いですね」

「いや、かわいいよ」

言ってしまって、しまったと思った。

と、郷子は顔を赤くして、

「いやだわ、お義父さま」

また上目づかいで見るので、健太郎はますますドキドキしてしまい、

「筑前煮、なかなか柔らかくできていて、美味《うま》いよ」

内心の動揺を誤魔化すと、郷子がにこっとして、鶏肉を箸で挟んで口に持っていった。

2

リビングで寛《くつろ》いでから、いつものようにソファで雑誌を読んでいる郷子に、「風呂に入るから」と断って、健太郎はバスルームに向かった。

家には二人しかいないが、基本的に一番風呂は健太郎と決まっている。

洗面所兼脱衣所で服を脱ぎ、洗い場でかけ湯をし、いったん浴槽につかった。

出て、体を洗おうと洗い椅子に腰をおろすと、脱衣所に人の気配がある。

(郷子さん、洗面所の整理でもしているのか?)

髪を洗おうとしたとき、ドアが開く気配にハッとして振り返ると——。

胸から下にバスタオルを巻いた郷子が、ぎこちなく微笑みながら入ってくるではな

いか。

（えっ……？）

とっさに、膝にタオルをかけて股間を隠しながら、

「おい、どうしたんだ……？」

その姿をなるべく見ないようにして、訊いていた。

「あの……お背中を流させてください」

背後でそう言って、郷子がしゃがんだ。

「いや、いいよ」

「いつも、お料理を教えてもらっているのに、何もお礼していないから。せめて、このくらいさせてください」

郷子がカランの蛇口をひねって、洗面器にお湯を満たしはじめた。

濡れないように髪をひっつめに結って、胸から下に白いバスタオルを巻きつけている。乳房のふくらみの中心にはぽっちりと突起が出ているから、おそらく下着もつけていないのだろう。

バスタオルに覆われた柔らかな曲線に目を奪われながらも、言った。

「そんなことまでしてもらったら、孝太郎に怒られるよ」

「孝太郎さんはむしろ、そのくらいしろって言うと思いますよ。お父さん思いの人だから」

「そうか……？」

健太郎は遠慮するべきだという思いと裏腹に、背中を流してもらうくらい、いいのではないかという気にもなっていた。

「もしかして、お義父さま、髪を洗うつもりでした？」

「ああ、まあな」

「じゃあ、まず髪を洗いましょう。お義父さま、ご自分の髪にシャワーをかけて濡らしてください。わたしがシャンプーで洗いますから」

照れくさいが、願望のほうが勝った。

健太郎はシャワーのノズルをつかみ、温度を調節して頭にかけた。片手で髪を梳《す》いてお湯を行き渡らせながら、目を閉じて、お湯が流れてくるのを我慢していると、

「洗いますね」

郷子がシャンプーを髪にまぶしだしたので、健太郎はシャワーを切って、身を任せた。

郷子の細く長い指が健太郎の白髪の目立つ髪に食い込むように動き出した。

指を開き、頭髪をマッサージしながら、きゅっ、きゅっと真ん中に向かって擦ってくる。シャンプーを満遍なく泡立たせ、今度は指先をつかって細かく頭皮を刺激してくる。

「いかがですか？」

「ああ、いい感じだ。大人になって、他の人にやってもらうのは、床屋さん以外じゃ初めてだよ。うん、なかなかいい感じだ。上手いね」

「ふふっ、よかった」

郷子は自信を持ったのか、ますます強く指腹で頭皮を擦ってくる。

夢中になりすぎたのか、胸のふくらみが健太郎の背中や肩に触れ、そのぶわわんとした豊かな弾力が伝わってくる。

目を瞑って、その感触を味わおうとしたとき、胸が離れた。

「じゃあ、流しますね」

郷子がノズルを片手でつかんだ。

シャワーを泡で白くなった髪にかけながら、もう一方の手で髪を梳くようにして、流してくれる。

（そう言えば、小さい頃、母にこうしてもらったな）

幼い頃の記憶がふいによみがえってきて、郷子に甘えたくなる。

髪を洗ってもらうことが、こんなに心身ともに安らぐことだったとは――。

癒《いや》しの時間に身を任せた。

時々、柔らかな乳房ばかりか、頂上の突起を肩や背中に感じる。

郷子は流し終えて、シャワーを止めてノズルを置いた。

「じゃあ、次は背中を流しますね」

郷子はスポンジやタオルを使わずに、じかに石鹸《せっけん》を手のひらで巧みに泡立て、それを背中に塗りつけてくる。

「スポンジをつかわないのか？」

「ええ……せっかくだから、じかのほうがいいかなと思って……いけませんか？」

「いや、そのほうがいいよ」

ぬるぬるした両方の手のひらが肩甲骨《けんこうこつ》を中心にして円を描くように背中を這うと、マッサージされているような気になって、確かにこのほうが快適だ。

「大丈夫ですか？」

「ああ、気持ちいいよ」

郷子はさらに手のひらに石鹸をつけ、背中から腰へと背骨に沿って撫でおろす。

あまりの心地好さに唸りそうになるのをこらえて、正面の鏡を見ると、自分の背後に郷子の姿が映っていた。

洗面器を使おうと郷子が横に動いたとき、あっと思った。

巻いてあるバスタオルがシャワーの飛沫《しぶき》を浴びて、ぐっしょりと濡れ、乳房の形や頂上のぽっちりとした突起の色まで透け出していた。

しかも、洗面器に屈んだとき、こちらを向いた膝の間に、奥へといくに連れて太くなる内腿が目に入った。

もっと奥まで見たい——と鏡のなかを覗き込んでしまい、

(バカ、何をしているんだ。郷子さんがお礼のためにしてくれているのに)

と、自分を戒める。

郷子はいったんシャワーを使って、背中についた石鹸を流した。それから、また手のひらで石鹸を泡立てて、それを脇腹から前のほうにかけて塗り込めてくる。

「おい、前はいいよ」

だが、郷子はそれに答えずにひたすら無言で、手のひらを太腿の内側へとすべり込ませた。

エッと思ったが、体は硬直してしまって動かない。

いや、陰毛の底に眠っていた不肖のムスコだけが、むっくりと頭をもたげつつあった。

幸い、タオルを膝にかけているから、それが勃起しつつあることは郷子に見られないはずだ。

郷子がぐっと前に屈んだ。

と、濡れたバスタオルを通じて、胸の弾力が背中に押しつけられた。

（あっ、ダメだ……）

何しろ、テレホンセックスでの艶かしい姿がこの目に焼きついている。

膝の間で、分身がますます力を漲らせてしまう。

郷子はただただ無言で、内腿から鼠蹊部にかけて両手でぬるぬると撫でている。

心なしか、息づかいが乱れているように感じる。

押しつけられた乳房がはっきりと波打っているから、実際に息を弾ませているのだろう。

（郷子さんも、昂っているのか？）

そう思った次の瞬間、分身になめらかな指がまとわりついてきた。

（えっ……？）

錯覚などではない。しなやかで石鹸まみれの五本の指が肉棹にからみつき、静かにすべりだしたのだ。

「おっ……！　くうぅぅ」

どうして、こんなことまで、という驚きとともに、しごかれる箇所から甘い陶酔感がひろがってきて、頭が痺れた。

おずおずと前を見た。

湯気で見えにくくなった鏡に、健太郎の背中に覆いかぶさるようにして、両手をまわし込んでいる郷子の姿がぼんやりと映っている。

うつむき加減になって、恥ずかしそうに目を伏せている。

それでも、手指は肉棹を握って、きゅっ、きゅっと擦っている。

健太郎の膝にかけたタオルが浮きあがり、あさましくいきりたった肉柱に白い指がからみつき、手首とともに上下動するさまが見え隠れする。

この状況に、どうしていいのかも、どう受け取っていいのかもわからない。ただただ身を任せていると、郷子の左手が肉棹の下に潜り込み、陰嚢《いんのう》に触れた。

袋に包まれた睾丸をやわやわと揉みあげ、手のひらの上で転がす。

「ぁああ……あっ……」

かすかな喘ぎが耳元で吐かれ、熱い息が耳にかかった。

（郷子さん……！）

しばらく、孝太郎に逢っていないから、身体が疼いてしまっているのか？　少し前には、孝太郎とあんなに激しいテレホンセックスをしていた。

（やはり、満たされないものがあって、それを義父相手に……？）

いや、相手は息子の嫁だ。たとえ郷子がそんな心境になっても、それをきっちりと制するのが義父の役目じゃないか。

そうすべきだ、それが自分の務めだ――。

だが……皺袋をやわやわとあやされ、本体をきゅっ、きゅっとしごかれ、胸のふくらみを背中に押しつけられると、理性が押し流されていく。

「ああ、お義父さま……」

郷子の切なげな吐息まじりの声が耳元をくすぐってくる。

自分でも何をしたいのか判然としないまま、健太郎はタオルのなかの郷子の手をつかんだ。

体の向きを変えて、ぐいと引き、郷子を抱きしめようとしたとき、弾みで郷子のバスタオルが外れて、タイルに落ちた。

間近で目にする乳房はたわわに実って、青い静脈が透け出し、頂上からしこった乳首がせりだしていて、その艶かしい姿に思わず息を呑《の》んでいた。

「あっ……！」

健太郎の視線を感じたのか、郷子が両手で胸を隠した。

その視線が落ちて、凍りついたように動かなくなった。

視線の向かう場所で、健太郎の肉茎が猛々《たけだけ》しくそそりたっていた。動いたときに、膝のタオルが外れたのだ。

自分でも驚くほどに怒張したものに、郷子は視線を釘付けにされている。

健太郎もどうしていいのかわからない。

と、郷子が我に返ったのか、

「す、すみません。わたし、とんでもないことをしてしまいました」

落ちたバスタオルを拾いあげて立ちあがり、ドアを開けて、逃げるようにバスルームを出ていく。

すぐに、廊下を走り去っていく足音が聞こえた。

（……！）

健太郎の網膜には、一瞬見えた、郷子の女らしい曲線を描く後ろ姿が焼きついていて、それはいつまで経っても消えないのだった。

3

健太郎の『料理教室』が評判を呼び、わずかな間に人が増えた。

これには理由があった。二番目の生徒である茜里が通っている生け花教室に、大西《おおにし》真由子《まゆこ》という主婦がいた。

真由子は、六十歳の経営コンサルタント会社社長の後妻に二年前になった三十七歳の人妻だ。クラブのママをしていたせいもあるのか、料理の経験が少なく、かわいがっている茜里から健太郎の噂を聞き、それならばわたしも、と二人だけの料理教室に参加した。

そこで、いい印象を持ったと見えて、どうせならもっと多くの生徒を集めて本格的な料理教室にしましょう、と勝手に人数を増やしてしまった。

真由子が集めたのは、いずれも結婚したての新妻ばかり。真由子は結婚して晴れて妻になれたことを誇らしく思っていて、教室に『新妻料理教室』という名前をつけたかったらしいのだ。

結婚して二年を新妻と言うかどうかは微妙だが、真由子が決めたのは、結婚二年以内の人妻なら参加できるというルールだった。

健太郎も、真由子がこのへんの主婦連の中心人物であり、無下《むげ》に断っては郷子の立場を悪くすることもあって、したいようにやらせておいた。

二十代中心の若い新妻相手に料理を教えることは、実際のところ、それなりに楽しかった。

これまでにも職場に奈緒のような女性調理師もいるにはいたが、使っていたほとんどが男性であり、これほどにフェロモンむんむんの若い女たちに囲まれて仕事をしたことがなかった。

充電期間としては最適だったし、奈緒には悪いが、しばらくこのまま『新妻料理教室』をつづける気になっていた。

そして、料理教室で健太郎のアシスタントとして獅子奮迅《ししふんじん》の活躍を見せる郷子は、表情が生き生きしていた。片腕として動くのが、愉しいようだった。

健太郎のなかにも、あの夜のバスルームでの出来事はずっと残っていた。

あれは何だったのだろう？

あのとき、確実に郷子は自分を求めていた。

だが、寸前で思い止まったのは、やはり、自分が息子の嫁であるという意識がよみがえったからだろう。

確かに健太郎も欲情した。しかし、息子の留守にその嫁と契《ちぎ》るなどしてはいけないのだ――。

そう思って、欲望を封じ込めて、日々を送っていた。

真夏日の昼下がり、高田茜里が個人レッスンを受けに家にやってきた。

郷子は昨日から実家に用があって、帰っていた。帰郷する前に郷子から、茜里さんに個人レッスンをつけてあげてください、と頼まれていた。

茜里は熱心に学んでいるものの、残念ながら不器用で、若干味覚音痴であり、料理の腕はなかなか上達しなかった。

健太郎としても、茜里は二番弟子であり、旦那との事情を知っているだけに、何とかしてやりたかった。

アシスタント役の郷子がいない間は、料理教室も休みである。

午前中にやってきた茜里を見て、健太郎はちょっと驚いた。

さり気なく腕で胸を隠しているが、ノースリーブのサマーニットの胸はこんもりと盛りあがり、その頂《いただき》に何やらぽちっと突き出しているものがある。

しかも、スカートも女性がテニスをするときにつけるようなフレアミニで、しゃがめば下着が見えてしまいそうだった。

「先生、今日はわたしひとりに教えていただき、ありがとうございます。よろしくお願いします」

茜里は野菜がいっぱいに詰まったレジ袋を置いて、ぴょこんと頭をさげた。

「ああ……じゃあ、早速はじめようか」

健太郎は、茜里の露出過多の姿に面食らいながらも、準備にかかる。

今日は、野菜を使ったちょっとした料理を作る予定で、個人レッスンであることもあって、茜里に買い物を頼んであった。

茜里はサヤインゲン、ズッキーニ、ホウレンソウ、キュウリなどの野菜を調理台に出して、並べる。

「あの……主人が、なぜかズッキーニが好きなんです。ですので、まずはズッキーニを使った料理を教えていただけないでしょうか」

茜里が目を伏せて言う。

（ズッキーニが好きだなんて、男としては珍しいな）

そう思いつつも、まずは簡単な『ズッキーニとベーコンの炒め物』を作ることにして、茜里に下準備をさせる。

いつものようにピンクのエプロンをつけた茜里がステンレスの流しで、ズッキーニを洗いだした。

横からその手付きをそれとなく眺めて、健太郎は妙な気分になった。

キュウリを太くしたようなズッキーニは、見方によっては男根に似ている。それを茜里はやけに丁寧に洗う。

両の手のひらで合掌するように挟んで転がすと、右手できゅっ、きゅっとその柔らかなカーブを描いた棒状の野菜を擦る。

洗い方として間違っているわけではないが、見方によっては、男のペニスをしごいているようにも見える。

いや、明らかに意識的にやっているとしか思えない。

親指を内側にして、小指を立て、まるで見せつけるようにゆったりと擦っている。

しかも、茜里は腰を微妙に揺らし、切なげな吐息をこぼしているのだ。

健太郎は、まるで自分のものをしごかれているような気がして、股間がむずむずしてきた。

と、あり得ないことが起こった。

せっかく洗ったズッキーニが何かの拍子で、床に転がり落ちたのである。

（えっ……？）

「あっ、すみません」

茜里が床のズッキーニを拾おうとして、前に屈んだ。

自分に向けられた尻を見て、我が目を疑った。

フレアミニがずりあがり、丸々とした尻が目に飛び込んできたのである。

つまり、茜里はパンティを穿いていないのだ。

しかも、そのまましばらしくじっとしているので、やや小粒だが、ぷりぷりっと張りつめた尻たぶとその狭間のセピア色の窄まりまでもが目に飛び込んできた。

（………！）

愕然《がくぜん》としていると、ズッキーニを拾った茜里は何事もなかったかのように上体を起こし、また流しで洗いはじめた。

今度は、明らかに腰がくねっている。

腰を前後左右に揺らしながら、両手でズッキーニを洗う、と言うより、しごいている。

と、「ぁああ」と悩ましい声を洩らし、短いスカートに包まれた下腹部を流し台の側面にずりずりと擦りつけはじめた。

明らかに誘っているとしか見えない。

ゴクッと生唾を呑み込んでいた。

茜里がもじもじして言った。

「あ、あの……わたし、しばらくしてもらってなくて……」

「し、してもらってないって……？」

「アレです。主人はお前は料理が下手すぎるから、そのバツだって、してくれないんです」

茜里は引出しの丸い把手《とつて》に、スカートの股間をぐりぐりと擦りつけている。

「ズッキーニを見てたら、何かへんな気持ちになって……」

二十二歳の若妻の微妙な腰のくねりが、健太郎の劣情をかきたててくる。

だが、健太郎は料理教室の先生であり、茜里は生徒だ。

手を出したら大変なことになる。だいたい、彼女の親友である郷子を裏切ることになる。

「茜里さんね、ここは料理を教えるところで、そういうことをするところじゃないんだよ」

師匠としては、そう言わざるを得ない。

「でも……この前、このことを郷子さんに相談したら、郷子さん、それだったら、お義父さまに料理だけでなく、そっち方面も面倒を見てもらいなさいって……」

茜里がまさかのことを言う。

「おいおい、デタラメを言うなよ。郷子がそんなことを言うはずがない」

「でも、ほんとうなんですよ。ウソじゃありません」

そう言えば……。

郷子が家を出る前に、健太郎に言ったことを思い出した。

『料理以外にもいろいろと相談に乗ってやってくださいね。彼女、いろいろと悩んでいるみたいで……』

茜里が言った。

「郷子さん、お義父さまもお義母さまが亡くなられてひさしいから、あっちの方も不自由なさってるって……アレはまだまだ元気だから、茜里さんのほうから誘ってあげてって」

「そんなことを、郷子が？」

「ええ、ウソじゃないです。じつは郷子さんも、お義父さま相手に時々妙な気分になってしまうから、ほんとうにマズいんだって言ってました」

風呂場での出来事を思い出した。

郷子はこのまま行けば、二人は一線を越えてしまうと危惧《きぐ》して、自分から興味を逸らすためにこういう荒療治を認めたのではないか。そして、親友の茜里なら、許せる――そう考えたのではないか。

(余計なお世話だよ、郷子さん……)

だが次の瞬間、茜里がひょいとスカートをまくりあげたので、あらわになった尻たぶに視線が釘付けになった。

そして、茜里はズッキーニを後ろ手に持って、その先で尻たぶの底をさぐりはじめた。

「先生が協力してくれないなら、わたし、自分でやっちゃいます。ぁあん、あっ……あっ……」

腰を後ろに突き出して、くなり、くなりと腰を揺らめかせる。

「わたし、このこと絶対に人には言いません。郷子さんにも……ほんとうですよ。わたしこう見えても口は堅いんです。だから、先生、こんなに頼んでもダメなんですか……茜里じゃ、ダメなんですか?」

「いや、ダメってわけじゃないが……」

「だったら……先生、頼みます。そうでないと、茜里、気が散ってお料理に集中できません」

このとき、健太郎は野菜を使って茜里の渇きを満たしてやるくらいなら、いいのではないかと考えていた。本番セックスさえしなければ——。

「しょうがないな。あとで、きちんと料理を作るんだぞ」

「はい、そうします。ああ、我慢できません……先生、先生……」

茜里がくなり、くなりと腰を横揺れさせた。

健太郎は茜里の背後にしゃがむと、尻を後ろに突き出させた。

受け取ったズッキーニのカーブを描く尻のほうで、女の亀裂をなぞってやる。

色素沈着の少ない小ぶりの陰部だが、ぼっちりとした肉厚の小陰唇がわずかにひろがって、内部のコーラルピンクの潤みをのぞかせていた。

滲み出した蜜で妖《あや》しいほどにぬめる狭間に沿って撫であげ、撫でおろすと、

「あっ、あっ……ぁあああ、感じます……ぁあああん」

茜里はますます尻を突き出してくる。

「入れてください……お願いします」

茜里がもどかしそうに腰をくねらせる。鮮やかなピンクの肉襞がもの欲しげにうごめき、それに誘われるように、健太郎もズッキーニを押し込んでいく。

緑色のツルッとした野菜が、少しずつとば口を押し広げ、潤みきった肉路がそれを受け入れていく。

思ったより抵抗感がある。

「ああん、そのまま一気にください」

力を加えると、ズッキーニがずりゅっと体内をうがって、半分ほど姿を消し、

「はうぅぅ……！」

茜里は尻を突き出したまま、がくっ、がくっと膝を折る。

力強い食いしめの手応えを感じながら、ゆっくりと抽送《ちゆうそう》させると、ズッキーニが女の体内を行き来して、

「あああ、ぁああ……いいんです。ぁあうぅぅ」

茜里はステンレスのキッチンの縁をつかむ手に力を込めて、背中をしならせた。

抽送するたびにすくいだされた蜜がズッキーニの表面を濡らし、健太郎は料理の素材を色事に使用することに若干の後ろめたさを感じる。

(仕方がない。あとで食べてやればいいいんだ)

そう思い直して、抜き差しをつづけた。

どんどんすべりが良くなってきて、抵抗感が薄れ、男根と化したズッキーニが恥肉を行き来して、

「あっ、あっ……はうぅぅぅぅ」

茜里はがくがくっと身体を震わせる。

ぷりっとしたヒップがたちまち汗ばんできて、仄かな桜色に染まってくる。

ズッキーニが嵌《は》まり込んでいるその少し上の、薄茶色の窄まりが目に入った。

それは、放射状の皺を集めてひくひくとうごめいている。

思い立って、そこをぺろり、と舐めると、

「あっ……！」

ビクッとして、茜里が背中をしならせた。

ズッキーニを打ち込みながら、顔を寄せて窄まりに舌を躍らせる。匂いや味覚はまったくない。だが、排泄器官を舐めているという心理的な高揚感がある。

それは茜里も同じなのだろう、さっきまで羞恥心など見せなかったのに、さすがに恥ずかしいのか、

「あんっ……いや、そこはいやっ……」

手を後ろに持ってきて、排泄の孔《あな》を護《まも》ろうとする。

ふと思いついて、健太郎はズッキーニを押さえたまま手を伸ばして、調理台の上に置いてあったサヤインゲンをつかんだ。

みずみずしい緑色の細長い莢《さや》を舐めて唾液で濡らし、アヌスももう一度たっぷりと唾液でまぶす。

「ぁああ、先生、何をするんですか?」

「サヤインゲンを茜里さんのお尻に入れようと思う」

「ええっ……?」

「自分が望むことだけをしてもらうのは、男に奉仕させるってことだろ? 男が望むことを受け入れるのも大切なんだぞ」

そう言い聞かせて、インゲンの莢の先の尖った部分を窄まりに押しあてた。

収斂《しゅうれん》していく窄まりの中心をこちょこちょとくすぐるようにすると、

「いやん……こそばゆい……あっ、あんっ、あんっ……」

「どうした?」

「感じたの。先生、わたし、感じた」

「それでいいんだ。力を抜いて、深呼吸して」

茜里が素直に深く息を吸って、吐く。

呼吸のたびに広がり、収縮するアヌスに尖った先を押しあてて、様子を見ながら押し込んでいく。肛門括約筋《かつやくきん》の圧力が強すぎて、サヤインゲンがくなりと曲がってしまう。

肛門を指でひろげて、先をあてがい、呼吸に合わせて慎重にすべり込ませる。莢の先が二センチほど嵌まり込んで、

「ぁあんっ……！」

茜里が喘いだ。

「深呼吸して」

息づかいを見ながら押し込んでいくと、とうとうサヤインゲンが半分ほど姿を消した。奇妙な光景である。

女の恥肉にはぬめ光るズッキーニが深々と埋まり込み、その上部の肛門からはサヤインゲンが尻尾のように生えている。

後ろにしゃがんだ健太郎は、ディルドーと化したズッキーニを抽送させ、サヤインゲンも上下左右に振ってアヌスを刺激してやる。

「ああん、こんなの初めてです……あっ、あっ……気持ちいい。おかしくなりそう

……茜里、おかしくなるぅ……ぁああ、ぁあああぁぁ」

茜里はさしせまった声をあげ、がくん、がくんと膝を落としかける。

ズッキーニが行き来して、すくいだされた蜜が薄い陰毛にまでしたたり落ちていた。

アヌスの窄まりもサヤインゲンをひくっ、ひくっと自分から食いしめている。

汗の匂いとともに甘酸っぱい性臭がひろがってくる。健太郎はそれに発情しながら、たてつづけにズッキーニを抜き差しする。

「ぁああ、イク……茜里、イッちゃう……あっ、あっ……」

「そうら、イッていいんだぞ」

たてつづけに打ち込んだとき、

「イクぅ……やぁあああああぁぁぁ、くっ！」

茜里は頭から突き抜けるような嬌声《きようせい》をあげ、それから、がくがくっと床に崩れ落ちた。

4

一度気を遣《や》った茜里だが、すぐに回復した。

暑いからと言って、いったん着衣を脱いで全裸になり、ふたたびエプロンをつけた。

首からかけた華《はな》やかなピンクのエプロンの胸元からは、柔らかそうな乳房のふくらみが半分以上見えてしまっている。

（うっ、これは……！）

背中や脇腹もほぼ全開していて、横から見ると丸々と隆起した乳房の側面のふくらみがこぼれ、もう少しで乳首までもが覗けそうである。

調理場を職場にする健太郎だからこそ、裸エプロンのような破廉恥《はれんち》極まりないことは、調理場を貶《おとし》めることだと思っていた。

だが、今目の前にしている光景は、そんな健太郎の気持ちを打ち砕くには充分過ぎるほどに、エッチでいやらしかった。

「あの……料理、つづけたほうがいいですか？」

茜里がボブヘアの似合う顔を向けて、微笑んだ。

「えっ……あっちのほうは、もう、いいのか？」

「いいえ、もういいってわけじゃないですが……」

おそらく、裸エプロンで調理をするところをかまってほしいのだろう。

「そうか。そうだな。じゃあ、ズッキーニを輪切りにしなさい」

「はい……先生」

元気良く答えて、茜里が自分の体内に入っていたズッキーニを調理台に置いた。

期待に応えようと、健太郎は背後からエプロンの胸元をつかみ、やわやわと揉みしだいてやる。

「ぁあん……先生、そんなことされたら、調理ができません」

茜里が甘ったるい鼻声で、腰をくねらせた。

「このくらいでできないようじゃ、ダメじゃないか。お仕置きだ。ズッキーニをおしゃぶりしなさい」

「えっ……だって、茜里の恥ずかしいお汁がついてるんですよ」

「だから、いいんじゃないか。ほら、しゃぶりなさい」

健太郎のほうもどんどん欲望が剝き出しになってしまう。

羞恥をあらわにしながら、茜里はズッキーニを舐めはじめた。

半分ほど愛蜜が付着した、ぬらつく表面に、舌を這わせる。

ぬるっ、ぬるっと蜜を舐めとり、それから、両手で合掌するようにして持ったズッキーニを唇をひろげて迎え入れ、ゆったりと髪を打ち振って、フェラチオ同然に頰張る。顔を振る速度があがり、

「んっ、んっ、んっ……」

と、声をスタッカートさせて連続して頬張り、いったん吐き出して、また根元からそのゆるやかなカーブを描く本体を舐めあげていく。

肩越しにそれを見る健太郎もいっそう昂奮してきた。

脇腹のほうから両手をエプロンの胸元に差し込み、乳房をじかに揉みしだいてやる。奈緒と較べるとかなり控え目な大きさだが、柔らかくてふにゃふにゃしていて、揉むにつれて形を変えてまとわりついてくる乳肉が気持ちいい。

頂上の突起をつまんで引き出し、くりっくりっと転がすと、それは急速にしこってきて、

「んっ……んっ……ぁあああんん、気持ちいいですぅ」

ズッキーニを吐き出して、茜里が顔をのけ反らす。

「洗って、輪切りにしなさい」

「はい……」

茜里は唾液でべとつくズッキーニを水道水で清め、まな板の上に置いて、切りはじめる。

左手の指を鉤形《かぎがた》に曲げ、右手で包丁を使うその所作は、いつまで経ってもぎこちな

い。

健太郎が、いっそう硬くなってきた乳首をラジオのダイアルを調節するようにねじると、

「あっ……あっ……」

茜里の包丁を使う手が止まった。

「コラッ、つづけなさい」

「はい、先生……」

茜里はまた切りはじめたが、湧きあがる快感に負けてしまうのか、手を止めて、首を左右に振った。

「ダメな、生徒だ」

健太郎は右手をおろしていき、背後から尻の間にすべり込ませた。

そこはぬるっとしていて、簡単に中指を呑み込んだ。中指が第二関節まですべり込んで、

「あああぁぁ……あっ、あっ……」

陶酔しきった喘ぎが噴きこぼれる。

左手で乳房を揉みしだき、右の手指で膣肉を攪拌《かくはん》してやると、茜里はがくっ、が

くっと腰を落とす。

「つづけなさい」

「ぁあぁ、はい……」

茜里は最後までズッキーニを切ろうとするのだが、感じすぎてしまうのか、どうしても途中で手が止まってしまう。

「ああん、先生……できません」

「どうして、できないんだ？」

「だって、先生が、先生の指が……」

「こうされるから、できないんだな」

エプロンの下で尖りきっている乳首をこね、下腹の坩堝を指で弾くと、にちゃにちゃと音を立てて、

「あっ、あっ、あっ……ぁあん、ダメです。また、また欲しくなる」

「しょうがない淫乱妻だな。お仕置きだ。先生のあそこをおしゃぶりしなさい」

言うと、茜里は包丁を置いて、床にしゃがんだ。

作務衣の紐《ひも》を外し、ズボンをさげて、ブリーフ越しにいきりたちに頬擦りしてくる。

右手でふぐりのほうからさすりあげ、やや左を向いて傾《かし》いだ肉棹をつかみ、ニギニ

ギしながら、亀頭部のふくらみにちゅっ、ちゅっとキスをする。

右手をブリーフのなかに上から差し込んで、じかに肉棹を握った。

逆手に持ってしごきながら、腹にキスを浴びせてくる。

それから、ブリーフをおろして、足先から抜き取っていく。

健太郎自身も驚くほどに鋭角に持ちあがっている肉柱を見て、茜里は大きな目をさらに丸くした。いきりたちを右手で握って、その大きさや硬さを確かめるようにしごき、

「ふふっ、先生のおチンチン、ズッキーニより太いわ」

見あげて、にっこりとした。

「そ、そうか……」

「ええ、全然オッキイです」

そう言われれば、満更でもない気分になる。

茜里は肉棹を腹に押しつけて、裏筋を舐めてくる。

敏感な縫目をツーッ、ツーッと舌でなぞられると、ぞわぞわっとして、分身がいっそう力を漲らせた。

這いあがってきた舌が亀頭冠の真裏の繋ぎ目に止まって、ちろちろとあやしてくる。

同時に、皺袋をお手玉でもするように持ちあげられて、

「おおぉぉ、それだ……」

あまりの気持ち良さに、天を仰いでいた。

包皮小帯をくすぐっていた舌が横にまわって、環状溝に沿ってぐるっと一周した。

その舌が亀頭を這いあがり、そのままぱっくりと咥え込んでくる。

亀頭冠を中心にゆっくりと唇をすべらせながら、皺袋をあやしている。

下を見ると、ピンクのエプロンを持ちあげた二つの小山がのぞき、変色した乳暈と乳首がちらちらと見え隠れしている。

たまらなくなって、健太郎は右手をおろして、エプロンの下の乳房をつかんだ。

柔らかな肉層を揉みしだき、しこりきっている乳首をくにくにとこねると、

「んんんっ……んっ、んっ、んっ……うぐっ……」

茜里は唇をスライドできなくなったのか、頬張ったままになり、切なそうに腰をもじつかせている。

「きみは料理をするときもそうだが、堪《こら》え性がないな。自分に負けないで、言われたことを最後までやり通しなさい」

若い女性を前にすると、たとえそれがどんなときであろうとも、ついつい説教口調

になってしまう。

茜里は見あげて目でうなずき、ストロークを再開する。

ゆったりと顔を大きく打ち振って、根元から亀頭冠まで満遍なく唇をすべらせる。

ぐっと深く、唇が陰毛に接するまで頬張り、そこで、ぐふっと噎《む》せた。

我慢しているのだろう。根元まで咥えた状態で、舌を裏のほうにまとわりつかせてちろちろと擦ってくる。

それから、一気に亀頭冠まで唇を引きあげ、今度は根元を握ってきゅっ、きゅっとしごきながら、同じリズムで唇を往復させる。

これは効いた。

ジーンとした痺れがひろがってきて、指で乳首を愛撫することもできなくなって、

「おおぉ、気持ちいいぞ」

髪を撫でながら訴えていた。

「んっ、んっ、んっ……」

ここぞとばかりに猛烈に顔を打ち振っていた茜里が、ちゅるっと吐き出したそれを握ってしごきながら、

「先生……これが欲しいです」

とろんとした目で見あげてくる。

5

野菜の挿入だけで満足させるつもりだった。だが、せがまれると、もうそんな決意も吹き飛んでしまう。

（今回だけだ、一度だけならいいだろう）

茜里をシステムキッチンのステンレスの縁につかまらせて、腰を後ろに引き寄せた。エプロンの背中は大きく開いていて、腰のところに紐が走り、左右のスカート部分がひろがって、ぷりぷりっとしたヒップがのぞいている。

健太郎はエプロンのスカート部分をさらに開いて、あらわになった尻たぶの底に屹立を押しあてた。

腰を上下に振ってぬるぬるっと擦りあげると、

「ぁああ、ああん……」

茜里もそれに合わせて腰を振る。

充分に濡れていることを確認して、慎重に沈めていく。腰を突き出しながら尻を引

き寄せると、それが泥濘に嵌まり込んでいって、

「ぁあああ……入ってきた」

茜里が顔を撥《は》ねあげる。

女性器はさっきズッキーニを受け入れたせいでよく練《ね》れていたが、全体に小ぶりのせいか窮屈で、緊縮力も強い。

きゅ、きゅっと締めつけてくる膣圧を撥ね除けるように腰を行き来させると、

「あんっ、あんっ……いいの。いいの……先生、気持ちいいよぉ」

茜里は流し台の縁をつかむ手に力を込め、顔を上げ下げする。

「まだ新婚さんなのに、ご主人とはそんなにしていないのか？」

気になっていたことを訊くと、

「はい……もう、数カ月していません。わたしのほうからせまっても、料理下手な女とはしないって。したかったら、もっと料理上手くなれって」

料理が下手だからと言って、セックスまでしないという夫がいるのがちょっと信じられないが、それだけ、ご主人にとって料理は大切なものなのだろう。

「でも、セックスしないとイライラしちゃって、料理にも身が入らないんです」

「わかった。満足させるから、料理のほう頑張るんだぞ」

「はい、先生……」

健太郎は前に屈んで、脇からエプロンのなかに手を入れて、乳房を揉みしだいた。

頂上の突起を指で挟んでこねまわすと、

「あっ……あっ……それ、気持ちいいです……ぁあん、腰が動いちゃう」

茜里はぷりぷりと尻を振って、抽送をせがんでくる。

（まったく、最近の若い子は……奈緒といい、茜里といい、堪え性がないな）

そう思いながらも、健太郎も腰を動かす。

両手でエプロンのまとわりつくウエストをつかみ寄せて、ぐいぐいと打ち込むと、

「あんっ、あんっ、あんっ……」

茜里は嬌声を噴きあげる。下を向いた乳房がエプロンの裏で波打っているのがわかる。

と、茜里が言った。

「ああ、先生。立っていられません」

「じゃあ、リビングに行くぞ」

健太郎は後ろから繋がったまま、茜里を押していく。

茜里は結合が外れないように腰を後ろに突き出しながら、ふらふらと前に進む。

キッチンを出て、ダイニングテーブルをぐるっとまわり込み、リビングに出た。いつも郷子が座っているソファまで連れていき、三人用のソファに茜里を這わせ、自分も片足を座面にあげて、斜め後ろから突いた。クリーム色の革製ソファに額を擦りつけるように腰だけを高々と持ちあげて、郷子は「うっ、うっ」と声を押し殺す。

はだけたエプロンから丸々とした尻がまろびでて、その底に肉棹が出入りするさまがもろに見える。

接合部分のすぐ上で、セピア色の窄まりがひくひくっとうごめいている。

(さっきここに、サヤインゲンの尻尾が生えていたんだな)

そのシーンがよみがえってきて、健太郎はふいにそこをかわいがりたくなった。

べっべっと唾を吐いて、アヌスに塗り込めた。

「あんっ……先生、そこはいやです」

「いやって……さっき、サヤインゲンを入れただろう。満更でもなさそうだったぞ」

健太郎は皺を集めた窄まりを揉みほぐし、そこに親指をあてた。

呼吸に合わせてうごめく小菊に慎重に押し込んでいく。と、肛門括約筋がぷつっとほつれて、親指が根元まで埋まり込んだ。

「くっ……！」

茜里が息を吸って、のけ反った。

肛門の内側の粘膜を親指で掻き混ぜながら、腰をつかって屹立を打ち込んだ。

「うっ……あっ……あっ……ああ、先生」

「どうした？」

「ああん、気持ちいいよ。恥ずかしいけど、気持ちいいよ」

「きみは料理よりセックスのほうが好きみたいだな」

「……そんな、違います」

「セックスに傾ける情熱を料理にも向けなさい。約束してくれるね」

「はい、約束します」

「よし、それでいい」

健太郎は親指で肛門の内側を擦ったり、押し広げたりしながら、リズミカルに打ち込んでいく。

体内に潜り込んだ親指に、自分の勃起が行き来する摩擦を感じる。

「ああ、きついの……でも、それがいいの……あんっ、あんっ、あんっ……ぁああ、イキそう。先生、恥ずかしい。茜里、またイッちゃう」

茜里がさしせまった声をあげた。

「いいんだぞ。イッて……そうら」

親指を肛門に、勃起を膣肉に猛烈に打ち込んだ。

茜里はよがって、ソファの表面をつかみ、引っ掻き、腰をぶるぶる震わせた。

それから、「うっ」と呻いて、へなへなっと前に突っ伏していく。

だが、健太郎はまだ射精していない。放出しないうちは、欲望も持続する。

ぐったりとした茜里を尻目に、健太郎はキッチンに戻り、もう一本残っていたズッキーニを持って戻ってきた。

エプロン姿の茜里を絨毯に仰向きに寝かせ、男が上になるシックスナインの形で健太郎はまたがった。

ピンクの布地をまくりあげ、足を開かせておいて、そぼ濡れる恥肉にズッキーニを押し込んでいく。

さっきまで男根を受け入れていた、とば口は容易にズッキーニを呑み込んでいき、

「ぁあああ、また……」

茜里が後ろから健太郎の太腿にしがみついてくる。

ゆったりと打ち込むと、緑色の棒が膣口を出入りして、ぬちゃぬちゃと音が立ち、

「ぁあぁ……先生、気持ちいいよ。茜里、へんになってる。茜里の身体、おかしくなってる」

茜里の声が後ろから聞こえる。

「目の前のものを咥えなさい」

屹立を口許に押しつけてやると、茜里は即座にそれにしゃぶりついてきた。

健太郎は自ら腰を縦に振って、屹立を温かい口腔に押し込みながら、ズッキーニも同じリズムで膣肉に打ち込んだ。

抜き差しするたびに、淡い翳りの底で小陰唇がズッキーニによってまくれあがり、押し込まれ、白濁した蜜があふれでる。

いったん抽送を止めたところ、下腹部が止めないでとでも言うようにせりあがってくる。

茜里は自ら腰を振って、男根代わりのズッキーニを奥へ奥へと導くのだ。

「腰がいやらしく動いてるぞ。どうしたんだ、これは？」

「んんっ……うぐぐ……」

何か答えたいのだろうが、口には肉棹が埋まっていて言葉を発することができないのだ。

健太郎は腰を上下に振って、イラマチオの形で猛りたちを小さな口に突き入れながら、ズッキーニをぬぷぬぷと打ち込んでいく。

おそらく、小ぶりの女性器にはちょうどいい大きさなのだろう。

「んんっ……んんんっ……うぐぐ」

茜里は凄艶《せいえん》な呻き声をこぼし、ズッキーニをもっと深くに迎え入れようとでもするように、ぐいぐいと下腹部をせりあげてくる。

太腿を外側にくの字に開いたその卑猥な格好で、茜里は切羽詰まった雰囲気を撒《ま》き散らしている。

健太郎も昂っていた。

結合を外し、足のほうにまわって、膝をすくいあげた。

膝を開いて、唾液まみれの猛りたちを下の口に押しあて、一気に刺し貫いた。

「はう……っ！」

茜里が両手で絨毯を鷲づかみにして、顎をせりあげた。

「くうぅぅ……」

と、健太郎も奥歯を食いしばっていた。

さっきとは違って、ねっとりとした肉襞のうごめきをつぶさに感じる。

射精できるかもしれない。その前に……。

健太郎はズッキーニを茜里に手渡して、言った。

「それをおチンチンだと思って、咥えなさい」

「はい……」

うなずいて、茜里は自らの淫蜜で濡れそぼったズッキーニを両手で握って、そこに唇をかぶせていく。

ズッキーニのほうを動かして、自らの口腔を犯し、それが悦びであるかのように恍《こう》惚《こつ》として眉根をひろげた。

茜里のような若い子でも、M的なところはあるんだなと思いながら、健太郎はいったん膝を離し、エプロンの側面から右手を潜り込ませ、乳房を揉みしだいてやる。

エプロンの下で柔らかな肉層が形を変える。せりだしてきた乳首をつまんで転がす。

そうしながら腰を叩きつける。

「んっ、んっ……んんんっ」

茜里は苦しそうに眉根を寄せていたが、やがて、持っていられなくなったのかズッキーニから手を離し、顔を横向けて、絨毯に接したズッキーニをただ頬張ったままになった。

「咥えたままだぞ。離すなよ」

言い聞かせて、健太郎は上体を起こした。

両膝の内側に手を添えて、腹に押しつけると、腰が浮き気味になって、男根と女性器の角度がちょうど良くなった。

等速で腰を躍らせると、上反った屹立が膣の上部を擦りあげた。ちょうどGスポットにあたる箇所だ。

粒だったような天井を浅瀬から深みまで擦りあげると、

「あおおおぉぉ……おおっ……おおっ……ぐっ、ぐっ……」

茜里は顔を横向け、ぬめ光るズッキーニを必死に咥えたままで、鼻から喘ぎを噴きこぼす。

口呼吸できないから苦しいのだろう。うぐうぐとズッキーニを咥え直し、必死にその隙間と鼻から空気を吸い込み、吐き出す。

「うっ……うっ……」

両手で絨毯を掻きむしり、顔をのけ反らせている。

健太郎も打ち込みのピッチをあげ、振幅も大きくしていく。

奥まで貫くと、エプロンの前からのぞく乳房が波打ち、全身も前後に揺れる。

健太郎は膝を離して、足首を持ち、なおも力を振りしぼった。

と、この体位のほうが感じるのか、茜里の反応がいっそうさしせまってきた。

ついにはズッキーニを吐き出して、

「あんっ、あんっ……先生、いいの。響いてくる。頭まで響いてくる。先生のおチンチンが串刺しにしてくるの。あっ、あっ……イッちゃう。先生、茜里、またイッちゃうよ」

健太郎を哀切な目で見あげていたが、健太郎がこれでもかと一撃を叩き込むと、

「うはっ……！」

顎をせりあげ、仄白《ほのじろ》い喉元をいっぱいにさらして、両手で絨毯を掻きむしった。

「そうら、イッていいんだぞ」

健太郎は残りの力を振り絞って、叩き込んだ。

エネルギーが尽きかけている。今、射精できなければ、もう無理だろう。

足首をつかんで持ちあげながら、のしかかるようにして猛烈に叩きつけると、

「ぁああ、ぁああ……先生……イク、イキます……来て。先生も来て……やぁあああああぁぁぁぁぁぁぁぁぁぁぁ、はうっ！」

茜里は最後は生臭く呻いて、のけぞりながら、がくん、がくんと躍りあがった。

「おおぅ……」

健太郎も射精しかけて、とっさに引き抜いた。

と、白濁液が枝垂《しだ》れ花火のようにこぼれて、茜里のエプロンに付着していった。

激しい情事のあと、二人はしばしリビングでまどろんだ。

そして一休みしてから、料理教室を再開した。

健太郎は茜里とともにズッキーニとベーコン炒めを作り、さらに、サヤインゲンのごま和《あ》えとキュウリとワカメの酢の物を教えた。

それから、ダイニングテーブルで向かい合って試食した。

その間中、茜里はずっと裸にエプロンだけという格好だった。

茜里が満足して帰っていくその後ろ姿を見送って、健太郎はどっと疲れが出た。だが、それは心地好い疲労であった。

第四章　祭りの夜に

1

望月奈緒から会いたいという連絡が入り、健太郎は先日と同じホテルのレストランで奈緒とディナーを摂っていた。

季節ごとに変わるディナーを口に運びながら、健太郎は複雑な気持ちである。

この前会ったときより、奈緒は女らしくなったような気がする。髪は相変わらず刈り上げてボーイッシュだが、肌の艶《つや》もいいし、表情が輝いているように見える。

まさか、健太郎と一度身体を合わせただけで、こうはならないと思うのだが……。

「で、今日は何だ？」

健太郎は前菜のサラダを口に運びながら訊く。

仙台からわざわざ足を運んだのだから、大切な用件なのだろう。健太郎の再就職の催促ではないか、と内心は戦々恐々だった。

「いいお話ですよ」

奈緒の目がキラッと光った。

「じつは、うちの板長が病気で倒れたんです。持病もあって、どうも完治するのは難しいらしくて、それで、本人もそろそろ板長をリタイアしたいとおっしゃってて……」

そこでいったん言葉を切って、奈緒はつぶらな瞳で健太郎を見た。

「それで？」

「店のほうも新しい板長をさがしているんです。それで、差し出がましいようですが、坂上さんではどうかってお話ししたら、なるほど、彼なら間違いないって。店のほうも乗り気なんです。だから、わたし、店の意向で、板長のお気持ちを確かめにきました。店は、坂上さんがその気なら、ぜひお任せしたいって……場所が仙台だから家から通うことはできませんが、でも、とてもいい話だと思います。板長を受けてください。お願いします」

奈緒が額をテーブルに擦りつけたので、すっきりと刈り上げられたうなじが見えた。

健太郎は言葉に詰まった。

ここは慎重に対応しなければいけない。しばらく考えてから言った。

「申し訳ないが、少し待ってくれないか」

「えっ……まだ、やる気にならないんですか？　だって……」

奈緒は言葉を呑み込んだが、おそらく、先日、あんなに激しくわたしを抱いたのに——と言いたかったのだろう。

申し訳ない、という気持ちを抑えて言った。

「……じつは今、家で開いている料理教室が思ったより大きくなってしまって。生徒さんが十人以上いるんだ。だから……」

「料理教室？　板長が誰にでもできるようなことをなさっていてはいけません。料理教室なんて、時間と場所があれば誰だってできますよ」

「ううん、確かにそうかもしれないが。料理を知らない彼女たちに、一から教えていくのも大切なことなんだと思う」

「もったいないです。板長のように腕のある和食の達人が、なさるようなことではないです」

「おいおい、そう決めつけるなよ。初歩から教えるのも、それはそれで勉強にもなるんだ。そうそう捨てたものじゃない」

きっぱり言うと、奈緒の表情が険しくなった。

「板長……失礼ですが、若い女に鼻の下を伸ばしてるんじゃないですか？　若いフェロモンにあてられて、骨抜きにされて……」

「バカを言うな。怒るぞ！」

それがすべてではないが、真実を言い当てられているところもあって、カッとなった。

周囲の客がびっくりしたようにこちらを見たので、健太郎は大人げないことをした自分を反省した。

「……すみません。口がすべりました。すみませんでした」

奈緒が頭をさげた。

「いや、こっちこそ声を荒らげて申し訳なかった」

「……では、この話は一応まだ保留、考え中ということにしていただいて、よろしいでしょうか？　すぐに断ってしまうのはもったいないお話なので」

「即決しなくてもいいのか？　新しい板長を見つけるなら、早く他の人もあたったほうがいいだろ？」

「いえ、大丈夫です……まだ、時間はありますから」

「そうか……」

しばらくして、奈緒がおずおずと切り出した。

「あの……」

「何だ？」

「部屋を取っていいですか？」

恥ずかしそうに言って、目を伏せた。

奈緒を抱きたくないと言ったら、嘘になる。

それどころか、この前味わった、蕩《とろ》けるような快感がよみがえってきて、股間が疼いた。だが……。

ここでまた奈緒を抱いたら、板長の口を断れなくなってしまう。

それに、一度だけ抱くのと、回数を重ねることの間には大きな差がある。ここで奈緒とベッドインしたら、ずるずると関係をつづけることになり、それを自分が求めているかと言うと、違うような気がする。

「……いや、今夜はちょっと……」

「そうですね……うん、わかりました。じゃあ、その代わり、飲みに連れていってでもらえますか？」

「わかった。しばらく行ってなかったから、赤坂の行きつけの飲み屋でも顔を出すか？」

「いいですね。そうしましょう！」

落ち込みを見せまいとする奈緒がけなげだった。

その夜、二人は赤坂の飲み屋をハシゴしてまわり、健太郎が帰宅したのは夜中だった。

2

「お義父《とう》さま、早く」

神社へとつづく石段の少し上をのぼっていた郷子が、振り返って浴衣《ゆかた》姿で手招きする。

「ああ……」

はしゃぐ郷子をかわいいと感じつつ、健太郎も作務衣姿で石段をのぼっていく。

近くの神社の祭りが行なわれていた。

町内ごとに神輿《みこし》が出て、花火も打ち上げられる。

二人は花火を見物した後で、神社の境内《けいだい》に向かっていた。

郷子は境内に出る縁日の露店が好きらしく、今も健太郎を置いてきぼりにせんばかりに早足で石段をのぼっている。

紺色に花の模様の浮き出た浴衣を着て、山吹色の蝶々のように結んだ帯を締め、団扇《うちわ》を帯に差し、片手に巾着《きんちゃく》袋をさげている。

髪を後ろでシニョンにまとめた郷子は、祭りで浮かれていることもあってか、若いお嬢さんのようで、とても人妻には見えない。

神社の境内に出ると、石畳の参道の両側にびっしりと露店が並び、店先の灯が『水あめ』などと書かれた紅白の布を煌々《こうこう》と照らしていた。

立ち止まって健太郎を待っていた郷子が、ぴたりと寄り添ってきた。

「ひさしぶりに来ると、なかなかいいな。懐かしいよ……郷子さんは、去年は孝太郎と来たんだったな」

「ええ……でも、いいんです。わたし、前から、お義父さまとこうしたかったんですよ」

そう言って、腕をからめてきた。

左腕に浴衣の胸のふくらみを感じてドキッとしながらも、健太郎は平静を装う。

草履《ぞうり》の音を立て、左右の露店を愉しそうに見ていた郷子が、立ち止まった。

「お義父さま、あれやってみたいわ」

指さす方角には、輪投げの店があった。

「いいけど、思ったより簡単じゃないぞ」

「いいの。お義父さまに教えてもらうから」

袖《そで》を引かれるままに、お金を出して小さな輪を五つ買う。

ちょっと離れたところに人形やお菓子などが並んでいる。それに輪をかぶせればいいのだが、根元まですっぽりとおさまらなくてはいけない。景品の縁に少しでもかかっていれば、その景品はもらえない。

郷子がよく狙って、慎重に輪を投げた。

景品をとらえるものの、やはり、はじっこに輪の一部がかかってしまう。

「ああん、もう……」

本気で悔しがり、唇をきゅっと噛む。

何でも一生懸命になってしまう気質なのだろう。

見ていられなくなって、健太郎も輪を買い、

「見てろよ。高そうな景品は難しいんだ。このくらいが……」
三投目で、健太郎の投げた輪が小さな招き猫の置物をとらえ、輪が引っかかること
なく床に落ちて、水平になった。
「ほらっ」
「やった！」
郷子は手を叩いて、飛びあがらんばかりに大喜びする。
店の中年男にもらった小さな招き猫を、郷子は「これで、うちにも福が来ますね」
と眺め、大事そうに巾着袋にしまい込んだ。
それから、二人は本殿に参拝し、手を合わせた。
健太郎が家族の健康を祈願して、顔をあげても、隣の郷子はまだじっと手を合わせ
て祈りつづけている。
(何を祈願しているのだろう?)
気になったが、こういうことは訊くものではない。
郷子がもう少しいたい、と言うので、出店の縁台に二人で腰かけて、ビールとオツ
マミに枝豆を頼んだ。
枝豆をつまみながら、縁台で郷子とともにビールを飲む。

浴衣姿の郷子は生ビールのジョッキを傾け、時々、団扇で健太郎を扇《あお》いでくれる。

どこからか、祭り囃子《ばやし》の笛や太鼓が聞こえていた。

こういうのを『幸せな時間』と言うのだろう。健太郎はこの時間をかけがえのないものに感じる。

祭りも終わりに近づき、人影も少なくなり、二人は腰をあげた。

石畳を戻ろうとすると、郷子が耳元に顔を寄せて囁いた。

「オシッコがしたいんです。つきあってください」

酔っているのか、郷子の口から出た「オシッコ」という生々しい言葉に、ぞろりと心の裏を撫であげられて、ドギマギしながらも郷子の後をついていく。

と、郷子はトイレには向かわずに、本殿の裏にまわり込んでいく。

高床式の本殿の裏手は林がせまっていて、まさかと思った。

「おい……ここでするのか？」

郷子は首を横に振って、

「ほんとうは、オシッコなんてしたくないんですよ」

立ちすくむ健太郎の前に立って、少し頬の赤らんだ顔でじっと見つめて、口を開いた。

「お願いです。お義父さま、ずっと料理教室をつづけてください。わたし、助手をしていてすごく充実しているんです。お義父さまを助けることが喜びなんです。だから、しばらくは板長のほうは……」

先日、奈緒の勤めている料亭が新しい板長をさがしていて、健太郎に白羽の矢が立っていることを、郷子に話していた。それを気にしているのだろう。

「それに……お義父さま、あの夜、ちっとも帰っていらっしゃらなかった。わたし、心配で、心配で……」

郷子がきゅっと唇を噛んだ。嫉妬してくれているのだと思った。

「……連絡をすればよかったな。それから……しばらくは、どこの店でも働くつもりはないから、安心してくれ」

「ほんとうですか？」

「ああ、ほんとうだ」

「よかった！」

郷子が抱きついてきた。

「おい……」

「もう、お義父さまを離さないわ。誰が何と言っても、離さないから」

駄々っ子のように言って、

「わたし、お義父さまが好きです。この前、お風呂場でとんでもないことをしてしまって……でも、あれはわたしの本心なんですよ」

郷子が顎の下に顔を埋めて、ぎゅっとしがみついてくる。

お日様に長くあたった干し草に似た牧歌的な髪の匂いと、よくしなる柔軟な肢体を感じて、健太郎は心臓の鼓動が速くなるのを感じた。

心臓だけではない。股間にもドク、ドクッと血液が流れ込んでいる。

思いを込めて、浴衣の背中を抱きしめ、手を尻のほうに這わせていく。

帯の下は柔らかく張りつめていて、尻は弾力に満ちている。

そのとき、郷子の右手がおりていき、作務衣の股間に触れた。ふくらみを下からなぞりあげてくる。

(おっ……！)

しなやかな指が、作務衣越しにふぐりと分身を這う心地好さのなかで、健太郎も浴衣越しに豊かな尻を撫でまわしていた。

「……一度だけでいいんです。お義父さまのこれが欲しい」

郷子は股間をさすりながら、寄りかかってくるので、健太郎は高床式の柱に背中を預ける形になった。

次の瞬間、郷子がしゃがんだ。

周囲を見て人影がないことを確かめ、作務衣の紐を解き、ズボンをブリーフとともに引きおろした。

さがるはなから転がり出てきた分身は、自分でも驚くほどにいきりたっていた。

さっき抱きつかれた瞬間に、それはもう頭をもたげていた。

「おい……？」

しゃぶってほしいという願望とは裏腹に、制するような声を出して、付近を見まわしていた。

前に屈んだ郷子が、肉棹を握ってしごきながら見あげてきた。

「わたしは孝太郎さんの妻です。だから、こんなことをしてはいけないことはよくわかっています。でも……気持ちを抑えられません。一度だけでいいんです。一度だけで……そうすれば、その記憶を頼りに頑張っていけます。だから……」

「……私も同じ思いだ。こらえようとしたけど、やはり無理だ。気持ちは隠せない」

健太郎も気持ちを打ち明けていた。

郷子が一気にしゃぶりついてきた。

両手で腰を引き寄せながらも、根元まで頬張って、もっと深くまでとでも言うように、健太郎の腰をいっそう引きつけて、自分も口を押しつけてくる。

陰毛に柔らかな唇が触れている。

髪を後ろで結って、帯と同じ橙色のリボンをつけていた。

郷子は行儀良く、浴衣の膝を揃えてしゃがみながら、だが、気持ちをぶつけるように、狂おしいとばかりに屹立を喉まで迎え入れる。

鼻で息をしながら、しばらくそのままじっとしていた。

それから、ゆったりと亀頭部まで引きあげていき、そこからまた、咥え込んでくる。

まるで、健太郎のそれの長さを確かめでもするように、ぐぐっと奥まで招き入れ、舌で裏側をあやし、静かに唇をすべらせると、ちゅるっと吐き出した。

いったん周囲を見て、今度は裏筋を舐めあげてくる。

健太郎自身でも信じられないほどに力を漲らせた肉茎を、指で腹にくっつけるように持ちあげて裏側を見せ、縫目に沿って、ツーッ、ツーッと舌を走らせる。

「おっ……あっ……」

その触れるかどうかの絶妙なタッチに、ぞわぞわっと快美感が駆けあがってきて、自然に目が閉じてしまう。

こんなところを誰かに目撃されたら——という危惧はある。

だが、それを恐れて、今この瞬間を逃すなど考えられない。人生には世間体などかまっていられないときがある。

目を閉じていると、分身に郷子のなめらかな舌がまとわりついてくるのを、如実に感じる。

そのひと舐め、ひと舐めが、震えがくるような戦慄をもたらす。

裏筋を這いあがった唇が、そのまま上から本体にかぶさってきた。

少しずつ口を開きながら、唇を亀頭冠から溝へと、さらに茎胴へと移動させていく。

今、唇がどこにあるのかはっきりと感じることができる。

やがて、ゆっくりだった動きが少しずつ速くなっていった。

湿った唇が根元から切っ先まで満遍なくすべり、その口腔の温かさが夜の涼しさのなかでは、いっそう温かく感じた。そして、それがそのまま郷子の持つ性格の温かさに思える。

もっとこの蕩けるような感触を味わっていたかった。

だが、いつ人が来ないとも限らない。

健太郎は腰を引いて肉棹を抜き取り、郷子を立たせて、床柱に背中を押しつける。

郷子は恥ずかしそうに目を伏せていた。

顎に手を添えて持ちあげると、とろんとした目で健太郎を見た。

その潤みきった、女の欲情を思わせる瞳が、健太郎をいっそうかきたててくる。

唇を寄せると、郷子は目を閉じて、キスを受け入れた。

いったん唇を合わせると心と体に火が点いたようになり、知らずしらずのうちに唇を強く重ね、そして、舌を差し込んでいた。

「んんんっ……」

くぐもった声を洩らしながら、郷子も応えてくる。

健太郎が舌をからめると、郷子も必死に合わせて舌を差し出してくる。

健太郎は唾液にまみれた肉片を吸い、郷子の頭をかき抱き、そして、団扇の差してある背中から帯を経由して、浴衣に包まれた尻をぐいと引き寄せた。

「あっ……！」

唇が自然に離れ、健太郎は向かい合う形で胸のふくらみを揉みしだく。

紺色に花模様の散った浴衣の上から、乳房を手のひらで包み込むようにして、たわわなふくらみに指を食い込ませると、

「ぁああ……ぁあああ、お義父さま……」

郷子が健太郎の首の後ろに両手をまわし、ぶらさがるように下から見あげてくる。顔の側面に鬢《びん》の散ったやさしげな美貌が色っぽく上気していた。眉をハの字に折り曲げて、何かにすがるような哀切な目をしていた。

健太郎は周囲を見まわして人影がないのを確かめ、前にしゃがんだ。

紺色の字に涼しげな花の模様が散った浴衣の裾に手を入れて、下着に手をかけた。純白のパンティを一気におろすと、郷子は舞妓下駄《まいこげた》を履いた足を片方あげた。

健太郎は白いパンティを膝のあたりにまとわりつかせたもう一方の足の膝裏をつかんで、ぐいと持ちあげた。

「あああ……」

吐息に似た声をこぼしながらも、郷子はされるがままに身を任せている。

足を腰まで押しあげると、浴衣の前がはだけて、仄白くむっちりとした太腿が横にひろがり、その中心に頼りなげな繊毛がのぞいた。

神社には相応しくないその生々しすぎる光景が、健太郎の劣情をかきたててくる。

膝裏を持ちあげながら、わずかに汗と甘酸っぱさを放つ女の秘部に、ちゅっとキスをすると、

「あっ……！」

ビクンと震えて、郷子が洩れかかった声を、右手を噛んでこらえた。

そして、郷子が女である証《あかし》の肉の渓谷《けいこく》は、わずかな灯のなかでもそれとわかるほどにぬめ光っていた。

(私のものをしゃぶるうちに、ここを濡らしたんだな)

郷子の性を思うと、炎が体を底のほうから炙《あぶ》ってくる。

わずかなほつれ目を、舌で上へ上へとなぞった。そこを護っていた肉の萼《がく》がひろがって、内部があらわになり、いっそう濡れてくるのがわかる。

「あっ……あっ……あうぅぅぅぅ」

ここが神社のなかであるという意識があるのか、郷子は洩れかかった喘ぎを指の背を噛んで、必死にこらえる。

健太郎はいっぱいに出した舌で狭間をなぞり、そのまま上方にすべらせ、その勢いのまま肉芽を弾いた。

「くっ……！」

ビクンと下半身が痙攣する。

急《せ》く気持ちを抑えて、上方の陰核を丹念に愛撫した。

包皮をかぶった突起の周囲を舐めまわし、徐々に近づけていって、本体にちろちろと舌を打ちつける。尖っている箇所を下から上へとなぞりあげ、頬張ってかるく吸った。

「ぅあっ……！」

がくんと顔をのけ反らせた郷子の、筋の浮き出た内腿がぶるぶると震えだした。快感で爪先が動いたのだろう、舞妓下駄が音を立てて脱げ落ち、あがっているほうだけが素足になった。

健太郎は持ちあがって横に伸びている太腿の下側に舌を這わせ、膝裏からまた付け根に向かって舐めあげる。

そのまま花肉に届かせて、そぼ濡れている狭間と上方の突起に連続して舌を走らせると、

「あっ……ぁあああああ、お義父さま……お義父さま」

郷子が逼迫《ひっぱく》した声を放って、健太郎の頭髪をつかんだ。

「どうした？」

「……ぁあん……ねえ、ねえ」

郷子の腰ががくがくと前後に揺れた。

「いいんだね？」

ややあって、郷子はこっくりとうなずいた。

健太郎は立ちあがり、いきりたつものを押しあてた。

郷子が求めるように腰を突き出してくる。

切っ先に指を添えて弾き出されないように気をつけながら、慎重に埋め込んでいく。

亀頭部が狭い入口を押し広げ、徐々に嵌まり込んでいき、やがて、熱いほどの滾《たぎ》りに包まれた。信じられないほどに硬化した分身が、膣奥まで届き、

「はうぅぅぅ……！」

郷子は顔をがくんと後ろにやって、健太郎の肩にしがみついてきた。

「くっ……！」

からみついてくる肉襞のうごめきを感じて、健太郎も奥歯を食いしばった。

（ついに息子の嫁と……！）

本来なら押し寄せてくるべき罪悪感が、もたらされる歓喜の渦に巻き込まれて、それが一緒くたになって、信じられないほどの昂揚が全身を満たした。

動くのももったいなかった。今はただこうして郷子を感じていたい。繋がっていたい——。

「ぁああ、お義父さま……」

郷子がぎゅっと抱きついてきて、その身体のしなりと豊かな女の肉を感じる。

そして、健太郎の分身を熱く蕩けた女の坩堝《るつぼ》が包み込み、きゅいっ、きゅいっと内側へと引き込もうとする。

どちらからともなく、唇を合わせていた。

郷子の唇はプラムのように柔らかく張りがあり、喘ぐような息づかいが健太郎を昂《たかぶ》らせる。

舌を押し込むと、郷子も舌をからめてくる。

二人の中間地点でねちねちと舌先を触れ合いながら、浴衣に包まれた腰を引き寄せる。

キスをしながら、腰を躍らせた。

屹立が蕩けた肉路をうがち、郷子はキスをしていられなくなったのか、唇を離して、

「ああ……ぁあああぅぅぅ」

右手の指を口にあてて、喘ぎを押し殺す。

健太郎は強く打ち込みたくなって、そっくり返るようにして腰を突きあげた。

郷子は少しでも深いところにとせがむように下腹部を突き出して、

「あんっ、あんっ……」

と、声をあげながらがくん、がくんと浴衣姿を揺らしている。

もう、ここが野外であることも頭からなくなったのか、両手を健太郎の肩に添えて、顔をのけ反らせて、打ち込みを受け止める。

浴衣を押しあげて持ちあがった左足がぶらん、ぶらんと揺れて、爪先が快楽そのままに反り返っている。

そして、十三夜《じゅうさんや》の月明かりに浮かびあがった郷子の顔は、柳のような眉がハの字に折れ、今にも泣き出しそうなさしせまった表情を浮かべている。

健太郎も急激に高まった。

復活してからも、なかなか射精できなかった。それなのに、今は甘い疼きがひろがってきて、すぐにでも放出してしまいそうな予兆がある。

それも、相手が心底惚れている郷子だからだろう。

歯を食いしばって突きあげると、

「あっ、あっ、あっ……ぁああ、お義父さま……郷子、郷子は……はうぅぅ」

肩に置いた手に力を込めて、郷子が顎をせりあげた。

「イクのか？　イクんだな？」

「はい……もう、もう……ぁああ、恥ずかしい……恥ずかしい……ぁあううぅ」

「郷子、俺もイクぞ。出すぞ」

郷子は無言でうなずき、健太郎が遮二無二突きあげると、

「あんっ、あんっ、あんっ……ぁあああ、イキそう……」

「そうら、一緒だ。俺も出すぞ」

健太郎は残っている力をすべて出しきって、息を詰めてこれでもかとばかりに腰を躍動させた。

「ぁあああ……」

郷子は喉の奥がのぞくほどに口をいっぱいに開いていたが、健太郎がつづけざまに深いところに届かせると、

「イク、イキます……やぁあああぁぁぁぁぁぁぁぁぁ、はうッ！」

仄白い喉元を月明かりにさらし、がくん、がくんと躍りあがった。

膣肉が絶頂の痙攣をするのを感じながら、もうひと突きしたとき、目が眩《くら》むような絶頂感が健太郎を襲った。

「おおぉ……郷子！」

熱い溶岩流を噴きあげながら、発作を起こす屹立を郷子の下腹部に密着させる。

体も郷子を求めていたのだろう、いったん止《や》んだかに見えた放出がすぐにまたはじ

まる。

すべてを出し尽くしてもまだ、健太郎は疲労を感じなかった。

3

健太郎は郷子と肩を並べて歩き、家に急いだ。

郷子は人目のないところでは、健太郎にぴたりと寄り添って、腕をからめてきた。

だが、人通りのあるところでは、身体を離して距離を取った。

そういう郷子の気持ちが、健太郎にも痛いほどにわかる。

家に着き、玄関の鍵《かぎ》を急いで開け、廊下を歩いてリビングに入ったところで、健太郎はこらえきれなくなった。

背後から郷子を抱きしめ、浴衣の襟元から右手をすべり込ませる。

すぐのところに汗ばんだ乳房が息づいていて、たわわなふくらみを揉みしだくと、

「ああぁ、お義父さま……」

郷子も昂りがおさまりきっていなかったのだろう。背中を預けて、後ろ手に作務衣のズボンの股間をまさぐってくる。

と、さっき射精したばかりなのに、分身が力を漲らせてくるではないか。

信じられないことだが、やはり、ムスコも郷子が好きで仕方がないのだろう。そうでなければ、こんなに早く回復するわけがない。

結いあげられた髪から襟足があらわになり、その楚々として女らしいうなじに魅せられ、ちゅっ、ちゅっと唇を押しつけると、それだけで、

「ぁあぁぁ……」

郷子は感に堪えないという声を長く伸ばして、身をのけ反らせる。

悩ましい後《おく》れ毛の生えた襟足を舐めながら、襟元から差し入れた右手で左の乳房を揉みしだいた。

しっとりと湿った乳房は指を沈み込ませながらも、底のほうが指を跳ね返すような弾力を持っていて、揉むほどに形を変えながらまとわりついてくる。

頂上の尖りをさぐって、指に挟んで転がす。

さらに、乳頭を人差し指の腹でまわすようになぞると、乳首はいっそう硬くしこってきて、

「ああ、ぁあ……お義父さま……立っていられない」

がくん、がくんと腰を落とした。

「部屋に行こう。つかまれ」

そう言って、郷子をぐいと横抱きにする。

お姫様抱っこの形でヨイショとばかり浴衣姿を持ちあげ、リビングとを区切っている引き戸を足で開けて、客室用の和室に入っていく。

畳に郷子をそっとおろし、押入れの襖《ふすま》を開けて、客用の布団を一組出した。

畳に敷く間に、郷子がうつむきながらパンティを脱ぎ、結った髪を解くのが見えた。

敷き終わった布団に郷子を座らせ、背後からまた胸を揉みしだく。

枝垂れ落ちた黒髪越しに、胸元に差し込んだ手でじかに乳房を揉みあげ、トップをこねると、

「ああぁ、感じるのよ。お義父さまの指、気持ちがいい……どうして、どうしてこんなに気持ちがいいの？」

陶酔した声をあげて、郷子は背後の健太郎に身を預けてくる。

しっとりと湿った乳房を愛撫しながら、健太郎は左手をおろして、浴衣に包まれた太腿から膝にかけて撫でさする。

すると、膝が乱れ、健太郎は浴衣の前身頃《まえみごろ》をはだけ、そこに左手を差し込んで左右の太腿をこじ開けた。

「ああ、いやっ……」

郷子がいやいやをするように首を振った。

「汚れているわ」

「かまわない。それに、私が出したものだ。汚れとは言わないよ」

耳元で言って、さらに手を奥までねじ込むと、太腿がひろがってその奥で柔らかな繊毛とともに、ぬらつく女の花芯がわずかに口をひろげていた。

油を塗ったように濡れそぼった渓谷に沿って撫でさすりながら、乳首を指腹でくりくりと転がすと、

「あっ……あっ……はうぅぅぅぅ……いや、いや、恥ずかしい」

「恥ずかしいことじゃない。郷子さんは私を求め、私も郷子さんを求めている。今日だけだろ？　したいようにしたいんだ。郷子さんも恥ずかしがらないで、すべてを見せてくれ。私もそうする」

そう説いて、二つの急所に愛撫を加えると、郷子は片方の足を伸ばし、膝を立てたほうの足を内側によじりたてながら、哀切な声で喘ぐ。

健太郎はそのまま郷子を仰向けに寝かせ、覆いかぶさっていく。

突きあがった顎の下から首すじにキスをおろし、浴衣の襟に手をかけた。

押し広げながら、ぐいと引きおろすと、丸い肩があらわれ、さらに、二つの乳房がまろびでてきた。

もろ肌脱ぎになった浴衣から、郷子が肘を抜く。

あらわになった上半身のまろやかな曲線と、バランス良く盛りあがったたわわな乳房に見とれた。

郷子は恥ずかしそうに顔をそむけている。

ととのった横顔が上気し、ねじれた細く長い首すじに目を奪われながら、浮き出た鎖骨《さこつ》にキスをし、骨の出っ張りに沿って舌を走らせる。

顔をおろしていき、乳房を舐めた。

セピア色の乳暈から、中心に行くほどにピンクが増す乳首が、痛ましいほどにしこり勃《た》っている。

乳房をすくいあげながら、突起に舌を届かせた。

かるく口に含んで、吸い立てると、

「あぁぁぁ……ダメっ……」

郷子は顔をのけ反らせ、シーツを指で引っ掻いた。

吐き出して、唾液まみれになった乳首を上下左右に舐める。指で乳首をつまみだし

ておいて、くびりでてきた突起を舌で弾くようにすると、

「あっ……あっ……」

がくん、がくんと郷子は震える。

「気持ちいいか？」

「はい……気が遠くなる。どこかに連れ去られてしまう」

「よし、どこにでもさらっていってやる」

あんぐりと乳首を頬張り、なかで舌を走らせる。

それから、指腹で左右の乳首のトップをくにくにとこねて、押しまわした。

「ああ、それ……お義父さま……お義父さま……ぁあぅぅ」

見ると、浴衣が張りつく下腹部が突きあがっていた。

「どうした、その腰の動きは？」

言葉でなぶると、郷子は首を左右に振って、唇をぎゅっと嚙みしめる。

「触ってほしいんだな？」

「はい……」

消え入りそうに答えて、必要以上に顔をそむける。

健太郎は右手をおろしていき、浴衣の前から差し込んだ。繊毛の底に押しあてると、

そこはすでに形が不明瞭になるほどに蕩けていて、ぬるぬるっと指がすべる。

そして、郷子は「ぁああ、ぁああ」と陶酔した声をあげながら、下腹部を持ちあげる。

上方の陰核を指先でこねまわすうちに、膝が外に倒れた。

足をくの字に折り曲げて、指の動きに翻弄《ほんろう》されるように、薄い繊毛に飾られた恥丘をもどかしそうにせりあげる。

と、郷子の手が伸びて、作務衣越しに健太郎の股間に触れてきた。屹立を握りしめて、ゆるゆると擦りあげてくる。

「欲しいんだな？」

「はい……」

郷子は潤みきった瞳を向けて、すがるような目で健太郎を見た。

健太郎は作務衣の上下と下着を脱いで、足のほうにまわった。すらりとした足をすくいあげると、浴衣がはだけて、下半身があらわになる。

繊細な翳《かげ》りの底に切っ先を押し当てて、一気に打ち込むと、蕩けた肉路が分身を包み込んできて、

「はうぅぅ……！」

郷子が顎をいっぱいに突きあげた。

「おおぅ、郷子さん……」

健太郎も名前を呼び、分身を包み込んでくる女の坩堝のもたらす心地好さに動けなくなった。

じっとしていても、体内の触手のようなものが屹立にからみついてくる。神社のときよりも触手の動きが大きい。

肉路の粘膜が健太郎を歓迎するかのようにざわつきながら、くいっと内側へと引きずり込もうとする。

健太郎は一瞬起こった快美感をやり過ごし、覆いかぶさっていく。

郷子は両手を赤ん坊のように曲げて、頭の横にあげ、顔をそむけていた。

顔を正面に向けさせると、下からじっと見あげてくる。目と目が合い、郷子が恥ずかしそうに目を伏せた。

「どうした？　孝太郎に申し訳ないと思っているのか？」

訊くと、郷子はわずかに顎を引くようにした。

「それは私だって一緒だ。だから、これっきりにしよう。家族で秘密を持つのはよくないが、しかし、これは特別だ。私は絶対に言わない。だから、郷子も自分の胸のなかに留めておけばいい。隠し事もときには必要だ。それでダメか？」

「わかりました。今は、孝太郎さんのことは考えないようにします」

どちらからともなく唇を合わせていた。

孝太郎のことを頭から追い出そうとする意識が働くのか、二人とも情熱的に唇を重ね、舌をからませる。

時々、体内が分身をきゅ、きゅっと締めつけてきて、それが今、上の口と下の口で、郷子と繋がっているのだという事実に気づかさせてくれる。

存分にお互いの気持ちを確かめ合い、唇を離すと、二人の間に唾液の糸が長く伸びた。

下半身で繋がったまま、乳房を揉み、そして、頂上の突起を指で転がしてやる。さらに、背中を曲げて、乳首に舌を届かせ、痛ましいほどに勃っている蕾《つぼみ》を舐めしゃぶった。

「ぁああ、ぁあああ……いい。お義父さま、感じるの。それ、感じるの……」

郷子は両手をあげて腋《わき》の下をさらした姿勢で、下腹部をせりあげる。

膣肉が動いて、分身を擦ってくる快感に酔いながら、健太郎は胸から腋へと舌をまわし込んだ。

あらわになった腋窩《えきか》はきれいに剃毛《ていもう》されていてつるつるだが、わずかに甘酸っぱい芳香をたたえていた。

「いい匂いだ。これが、郷子さんの匂いなんだな」

言うと、郷子は「いやっ」と腋を締めようとする。その肘をつかんで引きあげ、さらけだされた腋に舌を這わせる。

ぬるっ、ぬるっと舐めると、そこは汗をかいているためか、しょっぱい。

「いい塩加減だ」

「あああ、やめてください……いや、いや、いや……」

おりてこようとする腕をまた頭上に押しあげて、健太郎は腋の下から二の腕にかけて舌を走らせる。

女特有のゆとりのある二の腕の内側を肘まで舐めあげ、そこからおろしていき、腋の窪みにちろちろと舌を走らせるうちに、郷子の気配が変わった。

「いやっ……あっ……あっ……はうぅぅぅ」

顎を突きあげる郷子のきめ細かい肌が一気に粟立《あわだ》ち、二の腕にも小さな粒が浮かびあがった。

「感じてきたな？」

「はい……感じる。感じます……お義父さまのすることには何でも感じます……ぁああぁぁぁ」

健太郎はうれしくなる。

やはり、郷子は男を立てることのできる女なのだろう。それも意識的にやっているのではなく、ごく自然にそれができるのだ。

健太郎は、万歳の形にあがっている郷子の両腕を頭上で押さえつけるようにして、前のめりになって腰をつかった。

はち切れんばかりに肥大したそれが、熱く滾る体内をぐいっ、ぐいっとうがち、郷子は両腋をさらした格好で、

「あんっ、あんっ、あんっ……」

と、顎をいっぱいにせりあげて、甲高《かんだか》い喘ぎを放つ。

足をM字に大きく開いて、屹立を奥深くまで招き入れ、腋や胸をさらした無防備な格好で、たわわな胸を揺らす郷子――。

「郷子さん、いや、郷子。お前が愛《いと》しい。愛しくてならない」

「……ぁああ、お義父さま。わたしも、郷子もお義父さまが愛しい」

郷子が潤みきった目で見あげてくる。

湧きあがる気持ちをぶつけるように、健太郎は腰を打ち据えた。

両腕を万歳の形に押さえつけ、悦びに咽《むせ》ぶ郷子を真下に見ながら、怒張をめり込ませていく。

「うっ……あっ、あっ……ああ、お義父さま……」

動きを封じられ、唯一自由にできる首をさかんに振りたくって、郷子が今にも泣き出さんばかりの哀切な表情をする。

4

少しでも長く、郷子と繋がっていたかった。

郷子の背中に腕をまわして、ぐいと引きあげて、自分は座る。

途中から自力で上体を持ちあげた郷子は、対面座位の形になって、ぎゅっとしがみついてきた。

足を伸ばして座った健太郎は、腰にまわっている橙色の帯を解き、抜き取った。

はらりと浴衣がはだけて、郷子が自分から浴衣を肩から落とす。

生まれたままの姿になった郷子の腰を手で支えて、乳房にしゃぶりついた。

直線的な斜面を下側の充実したふくらみが押しあげた乳房は、男をそそる形をしていて、仄白い乳肌から青い静脈が透け出ていた。頂の突起はすでに唾液にまみれて、妖しいほどに濡れ光っている。

頬張って、なかで舌を躍らせると、

「ぁああ、あああ……いい……いいのよぉ」

郷子は健太郎の肩をぎゅっとつかんで、腰を揺らめかせる。

そこにもっと刺激が欲しいとでもいうように、濡れそぼった恥肉をずりっ、ずりっと擦りつけては、

「ぁあああ、いやいや……恥ずかしい」

と、顔をそらせる。

健太郎は乳首を舐めしゃぶりながら、腰に添えた手で、郷子の動きを助けてやる。

「ぁああ、ぁああ……お義父さま、お義父さま……」

「どうした？　自分で動きたくなったな？」

健太郎は上体を倒して、布団に仰向けに寝た。

「いいんだぞ。自分で動きなさい。郷子が腰を振る姿を見たい」

うながすと、上になった郷子がおずおずと腰を前後に振りはじめた。

次第に激しくなり、手を前と後ろにつき、上体をほぼ垂直に立て、腰から下をくいっ、くいっと鋭角に打ち振る。

カチカチになった分身が揉みくちゃにされる悦びのなかで、健太郎は郷子のしどけない姿を脳裏に焼きつけようとする。

柔らかなウエーブヘアが首すじや肩に張りつき、乳房にも垂れかかっている。

そして、ほどよくくびれたウエストから急激に張り出した腰が、何かに憑かれたように激しく躍動する。

「ああ、止まらない。お義父さま、見ないで。止まらない……止まらない」

根元まで呑み込んだ屹立を体内の感じる箇所にあてたいとでもいうように、さかんに腰を振り立てる。

健太郎も自分で動きたくなった。

「膝を立てて、腰をあげてごらん……そう、そのままじっとしていろよ」

郷子は蹲踞の姿勢で足を開いて膝を曲げている。

その中心に向かって、健太郎は腰を突きあげた。

肉棹がぐさっと刺さって、内部を貫き、

「ああぁぁぁ……」

郷子が顔を撥ねあげた。それを見ながら、健太郎はつづけざまに腰を撥ねあげる。これでもかとばかりに突きあげてやると、

「あっ……あっ……あうぅぅぅぅ」

郷子は蹲踞の姿勢でひろげた太腿をぶるぶる震わせて、喘いでいる。

「気持ちいいか？」

「はい……突き刺さってくる。お義父さまのが突きあげてくる。お臍まで届いてるわ……あっ、あんっ、あんっ、あんっ」

ジュブ、ジュブ、ジュブと音を立てて屹立が郷子の膣肉を擦りあげ、

「もう、ダメっ……あっ……」

かるく気を遣ったのか、郷子は後ろに両手をついて、細かく痙攣している。

健太郎が様子をうかがっていると、郷子が自分から動きはじめた。

後ろに反るような形で前にせりだしている下腹部を、しゃくりあげるようにする。

翳りの底に肉棹が嵌まり込み、出てくるのが、まともに見えて、健太郎も大いに昂った。

「ありがとう。今度は後ろを向いてくれ」

うなずいて、郷子はいったん上体をまっすぐに立て、いきりたつ肉棹を軸にゆっく

りとまわりはじめた。

時計回りにゆるゆると移動し、背中を向けて止まった。

と、郷子が前に屈んだ。

健太郎の伸ばした足にしがみつくようにぐっと前に倒れたので、こちらに向かって突き出された尻があがり、薄茶色のアヌスの窄《すぼ》まりとその下の裂唇に肉柱が嵌まり込んでいるのが、はっきりと見えた。

（ああ、郷子はこんなきれいなケツの孔をしているのか……）

手を伸ばしてしまいそうになるのをこらえた。

と、足指になめらかなものが粘りついてきた。

ハッとして見ると、郷子が健太郎の足指を頬張っているのだった。

郷子は健太郎の左足に覆いかぶさるようにして、その親指を口におさめ、まるでフェラチオでもするように唇をすべらせている。

（こんなことまでしてくれるのか……）

しかも、郷子は親指を頬張りながら、胸を押しつけてくるので、弾力あふれる乳房を膝のあたりに感じる。

ちゅぽっと親指を吐き出して、郷子は健太郎の足指を開かせ、その股の付け根に舌を押し込むようにして、ちろちろとなぞってくる。

水掻きがこんなに感じる箇所だとは知らなかった。

ぞくぞくっとした戦慄が流れて、郷子の体内に入り込んでいる肉棹がびくっと頭を振った。

それを感じたのか、郷子が「あっ」と短く喘いだ。

そして、指の間に舌を走らせながら、切なげに腰をくねらせる。すると、柔らかな乳肌と中心の突起を膝に感じて、健太郎は舞いあがる。

郷子は次に右足にかぶさって、同じように足指を頬張り、水掻きを舐めてくる。そうしながら、くなり、くなりと腰を揺らめかせて、乳房を擦りつけてくる。

郷子が心の底からそうしたくてしていることがわかり、この女は男に奉仕をすることをまったく苦にしないのだと思った。いや、むしろ嬉々としてやっている。

こういうタイプの女に愛された男は幸せだ。

そう思った瞬間、息子の孝太郎に嫉妬に似たものを感じ、何をバカなことを、と自分を戒める。

自分も何かしてやりたくなって、健太郎は肘をついて上体を少し持ちあげ、右手で尻を撫でさすった。

肉棹の突き刺さっている尻の底をかるく触ってやると、肉茎を咥え込んだ膣のとば口がひくひくっとうごめいて、郷子が「ぁああ」と声をあげた。

悪戯心《いたずらごころ》を呼び起こされて、上方の窄まりも撫でてやる。

唾液をまぶして、ゆるゆるとまわすように周辺をなぞると、小菊が怯《おび》えたように収縮して、

「ぁああ、お義父さま。そこはダメです」

郷子が言う。

心惹《ひ》かれるものを感じながら、健太郎は上体を起こし足を開いて、その間に郷子を屈ませた。

後ろからつづけざまに腰を撥ねあげてやると、

「あんっ、あんっ、あんっ……」

郷子は尻を後ろに突き出した格好で、艶《なまめ》かしい女の声を放った。

そのまま膝を抜いて、郷子を這わせる。

後背位の形でぐいぐいと腰を躍らせた。

「ぁああ、お義父さま、すごいわ。すごい、すごい……あっ、あっ、あっ」

両手を伸ばした郷子は、すべすべの背中を弓なりに反らし、顔を上げ下げする。

健太郎自身もこんなにできるとは思っていなかった。きっと相手が郷子だから、健太郎に普段以上の力を出させているのだ。

「そうら、郷子。もっとよがれ。気持ち良くなっていいんだぞ」

健太郎は尻をつかみ寄せて、音が立つほど強く打ち据えた。

疲れを知らない分身が、ますます具合の良くなってきた膣肉をいやというほど擦りあげ、切っ先が奥まで届き、

「あんっ、あんっ、あんっ……ぁあああ、あたってるの。お義父さまのが奥にあたってるの……あっ……」

郷子はがくんとして、腕を曲げ、上体を前に倒した。

逃げそうになる腰をぐいとつかみ戻して、健太郎は渾身《こんしん》の力を込めて息子の嫁をとことん貫く。

と、郷子が右手を後ろに伸ばしてきた。

手を後ろに引っ張ってほしいのだろうと推測して、右手の肘をつかんで後ろに引っ張りながら、叩き込んでいく。

郷子は半身になって、乳房の先を見せながらも、

「ぁああ、おかしくなる……郷子、おかしくなる」

させまった声を放って、がくん、がくんと上半身を躍らせる。

（そうか、多少苦しいほうが感じるんだな）

健太郎はもう片方の手も後ろに突き出させ、両方の肘をがっちりとつかんだ。ぐっと後ろに引き、自分も体重を後ろにかけると、郷子の肢体が浮きあがってきた。

両腕を後ろに引かれ、背中をのけ反らせた郷子を、バスッ、バスッと音が立つほど強く後ろから打ち込んでやると、

「ぁああ、これ……あんっ、あんっ、あんっ……」

郷子は上体を弓のようにしならせ、頭の先から抜けるような声を噴きこぼす。

「こういうのが、好きなんだな？」

「はい……」

「そうか、よおし……」

力を込めて突きあげると、

「あっ、あっ……イク、イッちゃう……やぁあああぁぁぁぁぁぁぁぁ、くっ」

ますます背中を反らせて、郷子は昇りつめたのだろう、糸が切れたように前に突っ伏していく。

健太郎も腕の力をゆるめて、折り重なっていく。

腹這いになって、ハアハアと肩で息をする郷子。

しなやかで穢《けが》れなき背中は汗ばんで、ぬめるような光沢を放ち、健太郎は思わず手を伸ばして、愛撫していた。

下半身で繋がったまま、なめらかな背中を、指を刷毛《はけ》のようにつかってスーッ、スーッと撫であげる。

ビクッ、ビクッと後ろ姿が痙攣した。

それにつれて、分身を包み込んでいる粘膜も収縮して、締めつけてくる。

(すばらしい身体をしている)

健太郎はこの身体が欲しくなる。だが、持ち主は孝太郎である。

そう、自分は一時的に借りているのだ。孝太郎から借りている——。

いつかは返さなければいけないのだ。

無念の気持ちに駆られて、それだからこそ、今、この瞬間を大切にしたいと思う。

染みひとつない背中を撫でていると、腰がぐぐっとあがってきた。もっと深いところに打ち込んでとでも言うように、尻が突きあがってきた。

(何と色っぽい女だ……)

健太郎は腕立て伏せの形で、持ちあがった尻を押しつぶすように屹立を打ち込んでいく。

「あっ……あっ……ぁあん、気持ちいいの……へんよ、へん……わたし、おかしいの。お義父さま、助けて」

郷子が顔を伏せたまま言う。

乱れた黒髪が柔らかなカーブを描いて、背中や肩に枝垂れかかっている。

健太郎は自分も射精したくなって、いったん結合を外し、郷子を仰向けにした。両膝をすくいあげて、再突入する。

膝を持ちあげて、逆ハの字に開かせて、分身を打ち込んでいく。

この体位だと、健太郎は高まる。

息を荒らげて打ち据えると、郷子は両手を頭上に放り出すようにして、顔を激しく左右に振って、

「あん、あん、あんっ……」

たてつづけに喘ぎをこぼす。

快感がある次元を超えて、もう何が何だかわからなくなっているに違いない。

そこまでよがらせているのは、自分なのだ。五十五歳の健太郎なのだ。

(俺もまだまだできる……)

膝裏に力を込めて、ぐいと押しながら、浮きあがってきた下腹部に思い切り叩き込んだ。

「あんっ、あんっ、あんっ……」

郷子は足指を反らし、両手でシーツを持ちあがるほどに握りしめて、顔をこれ以上は無理というところまでのけ反らせている。絖《ぬめ》のようになめらかで光沢のある肌はいたるところが朱に染まり、滲み出た汗で光っていた。

(もう少しだ、もう少しで……)

健太郎はすらりとした足を両肩にかけて、ぐいと前に屈んだ。

「くっ……！」

苦しげな呻きとともに、郷子の裸身が腰のところからくの字に折れ曲がり、健太郎の顔が郷子の顔の真上に来た。

「つらいか？」

「はい……でも、かまいません。それがいいの……もっと、もっとお義父さまの重さを感じたい」

「よし」

健太郎は体重をさらに乗せて、そこから怒張を打ちおろした。

漲っている分身が、上を向いている膣肉に深々と突き刺さり、

「はぁあうぅぅぅ！」

郷子が喉元をさらして、布団についている健太郎の両腕を握ってくる。

「つらいか？」

訊くと、郷子は顔を左右に振って、

「いいの。いいの……もっと、もっと郷子を犯して」

「よし、犯してやる。郷子を犯してやる」

たてつづけに腰を打ちおろした。肉の槌《つち》が女の壺をいやというほど打ち据えて、郷子が「くっ」と腕を握る指に力を込める。

分身が深いところに届き、扁桃腺のようにふくらんだ粘膜が亀頭冠の裏にまとわりついてきて、そこを連続して擦ると、あの予感がさしせまってきた。

「郷子、出そうだ」

「ぁああ、わたしも、郷子もイキます……ぁああ、郷子を壊して。メチャクチャにして。すべてを忘れさせて」

「よおし、忘れさせてやる。郷子、郷子！」

息を詰めて叩き込む。

額に溜まっていた汗がぽたっぽたっと落ちて、郷子の顔を汚していく。だが、郷子はそれさえ気にならない様子で、眉を折り曲げ、口をいっぱいに開いて、のけ反りかえる。

「おおぅ、おおぅ……郷子！」

切っ先が奥までうがち、とば口が肉棹にからみついてくる。

「あっ、あっ……あっ……イク。イッちゃう……お義父さま、イッていいですか？」

「よし、イケ。俺も出すぞ」

最後の力を振り絞って、打ちおろした。

「イク、イク、イッちゃう……やぁあああぁぁぁぁぁぁぁぁ、はうッ！」

郷子が表情が見えなくなるほどに顎をせりあげ、ぐっと反った。

「郷子、イクぞ！」

止《と》めとばかりにもう一太刀《ひとたち》浴びせたとき、健太郎も至福に押しあげられた。

目が眩むような絶頂感とともに男液が迸《ほとばし》り、その痛烈な爆発感で健太郎も震えていた。

郷子の膣はオルガスムスの収縮を示して、肉棹をしごくようにうごめくので、健太郎は精液を搾《しぼ》り取られているような快感に我を忘れた。

一滴残らず打ち尽くして、健太郎はがくっと郷子に折り重なった。

ゼイゼイという荒い息づかいがちっともおさまらない。心臓も強烈に胸を叩いている。

小さくなった肉棹が押し出され、健太郎は腰を引きながら、すぐ隣にごろんと横になる。

しばらくすると、郷子がにじり寄ってきた。

ごく自然に腕枕していた。

郷子は腕に頭を置き、健太郎の胸に手を添え、片足を下半身に乗せてくる。

「お義父さま、すごすぎる……こんなになったの、初めてです」

うれしいことを言う。

「相手が郷子さんだからだよ。郷子さんでなければ、こんなにはできない」

言うと、郷子がはにかんで胸板に頬擦りして、言った。

「すごいわ。心臓がドクン、ドクンって……」

「そうか……頑張ったからな」

さらさらの髪を撫でやると、郷子が腋の下に顔を埋めて言った。

「困りました」

「何が？」

「離れられなくなりそう。わたし、お義父さまから離れられなくなる」

そう言って、郷子は腋毛をツーッと舐めてきた。

第五章　熟れ肌を縛《いまし》めて

1

その日、健太郎は料理教室の生徒である大西真由子に呼ばれて、彼女の家に来ていた。

大西家は数寄屋《すきや》造りの豪邸で、広々とした日本庭園には手入れされた松が優雅な枝ぶりを見せている。

「最初に、庭でちょっとしたパーティを開いて歓談していただいて、それから、なかで食事をと考えているんですよ」

芝生の敷きつめられた中庭で、着物姿の真由子が言う。

三十七歳で、二年前にこの豪邸を持つ六十歳の経営コンサルタント会社社長の後妻に入った。元クラブのママだけあって、如才なく、交遊も広く、我が『新妻料理教室』の中心人物のひとりである。

その真由子から、出張料理を頼まれた。

レストランではなく、大西家で健太郎が出席者をご馳走でもてなすのだ。

招待客は主に夫の仕事関係者で、高名な財界人や力を持つ政界の者もいると言う。

『そういう舌の肥えた方々に料理を振る舞うには、坂上さんがうってつけだと思いまして。やってくださるわよね？』

そう求められれば、受けざるを得ない。

古今東西の味を知り尽くした味道楽の舌を満足させるのは容易ではないが、それだけやり甲斐もある。

今日はその会席料理のための下見も兼ねていた。

ほとんどの料理をこの家のキッチンで作ることになるから、キッチンをよく知っておく必要がある。十五名分だから、郷子にも手伝ってもらわなければいけない。配膳は、料理教室の生徒に任せるか――。

「では、ここでのパーティの際にも、オツマミになるようなものを用意しますよ。お酒はどんなものを？」

と、打ち合わせをする。

クリーム色の地に秋の花の裾模様の入った和服を着て、髪をシニョンに結った真由子は、ともすれば冷たく見えるほどに造作のととのった美人で、普段から落ち着いているのだが、政財界の重鎮を呼ぶというのに、焦り、不安は一切見せない。

おそらく、クラブのママをしているときに培《つちか》ったものだろう。

キッチンを見せてもらい、料理道具などのチェックをし、だいたいの打ち合わせを終えて、ふたたび庭に出た。

日が沈みかけていて、西の空が茜《あかね》色に染まっている。

「こちらへ」

真由子が健太郎の手を引いて、庭を奥へと歩いていく。

木立に隠れるように、小さな離れが建っていた。

古びているが、茶室のようだ。ここで、お茶でも点《た》ててくれるのか？　そのとき、

「見ないでくださいね」

真由子が少し離れた藪《やぶ》の向こう側へと歩いていく。

エッ……何をするのだろう？

と、真由子が着物と緋襦袢《ひじゅばん》を後ろにまくりあげて、しゃがむのが見えた。

数メートルしか離れておらず、藪の隙間から、こちらに向けられている白くぷりっとした臀部が覗けてしまう。

(まさか……?)

だが、そのまさかだった。

すぐに、シャーッという水音が聞こえてきた。静かな日本庭園では、小水が放たれる小さな音もはっきりと耳に入る。

(真由子さんのような夫人が、外で。しかも、男の見ている前で立ちションならぬ座りションか?)

愕然としつつも、藪の隙間からのぞく真っ白で丸々とした双臀と、日頃の毅然《きぜん》とした態度にはそぐわない赤裸々な放水音に、健太郎はどこか劣情を駆り立てられてしまうのだ。

水音が次第に小さくなり、断続的になって、そして止んだ。

懐紙で拭くのかとも思ったが、それもしないで、真由子は立ちあがって着物の乱れを直しながら、近づいてくる。

前身頃を押さえながら、上目遣いに健太郎を見て、茶室のにじり口を開けた。

「どうぞ」

健太郎を先に入れ、真由子も後につづく。

青畳の匂いがたち込めた八畳に板の間のついた小さな茶室の、床柱の一輪挿《いちりんざ》しには、白い花が挿してあり、床の間には掛け軸がかかっていた。

いや、それよりも……。

畳には、真っ白なシーツのひかれた布団が一枚敷いてある。

「これは……？」

ハッとして振り返ると、真由子が口角をきゅっと吊りあげて、まさかのことを言った。

「抱いてちょうだい」

切れ長の目を光らせて、じっと健太郎を見る。

「冗談はやめてください。これは、笑えない冗談だ」

健太郎もきっぱりと言う。

自分には郷子という『恋人』がいる。

祭りの夜以来、二人は身体を合わせていない。

寝ても覚めても、思うのは郷子のことばかりで、何度も抱きたいという欲望に駆られた。それを懸命に抑えてきた。

あの夜だけという約束であったし、これ以上抱いてしまえば、郷子から離れられなくなりそうだった。

郷子は息子の嫁であり、そうなったら、二人は地獄の底に落ちてしまう。

悶々とした日々がつづき、たまらなくなって、深夜、隣室から郷子の寝顔をこっそりと盗み見ることもあった。

だから、ここで郷子の知り合いであり、また、料理教室の中心人物を相手にするなど考えられなかった。

と、真由子が唐突に言った。

「あんな小便臭い小娘がいいなんて、先生には失望しましたわ」

健太郎は、郷子とのことを指しているのかと思って、心臓が縮みあがった。だが、そうではなかった。

「この前、郷子さんが実家にお帰りになったとき、わたし、先生のことが気になってご自宅にうかがったんですよ」

ああ、あのときか……。急にいやな汗が噴き出てきた。

「うかがったとき、駐車場に茜里さんの車があって……どうしたのかと思って、庭のほうから様子をうかがいましたの。そうしたら……」

そう、健太郎は茜里を抱いていた。しかも、破廉恥なやり方で。当時の記憶がよみがえってきて、内臓がきゅうと軋《きし》んだ。

「そうしたら……先生、リビングで茜里さんと……。ご自分が何をされていたか、覚えていらっしゃるでしょ？　あれは、ズッキーニですか？　先生ったら、彼女にまたがってご自分のものを咥えさせて、ズッキーニをおチンチン代わりに……笑いましたわ。あまりの滑稽《こっけい》さに」

健太郎は愕然として言葉を失った。

「あのことを、教室の生徒のみなさんに話したら、どうなるかしら？」

「……いや、それは困る」

「困りますわよね。料理教室の先生が、若い女の生徒を、料理に使う野菜で犯していたなんてことがばれたら……」

「ああ……」

「だったら、わたしの言うことは聞いてくださるわね？」

健太郎はうなずかざるを得なかった。

「まずは、舐めて。オシッコで汚れたところを、きれいに清めて」

真由子は健太郎を布団に仰向けに寝かせて、顔面をまたいだ。顔の両側に白足袋《たび》を置き、着物と長襦袢をはしょりながら、少しずつしゃがみ込んでくる。

真っ赤な長襦袢に包まれた膝が折れて、M字にひろがった太腿の裏と同時に、女の亀裂もせまってくる。

淡い翳りの一部が、小水を付着させて濡れ光っている。

そして、変色した女の口も妖しいばかりにぬめ光っている。

淫らにひろがったとば口が顔面にせまってきて、口許に押しつけられた。

「先生、舌を出して。わたしのオシッコをきれいに舐め取るのよ」

命令口調で言う。

(しょうがない、自業自得というやつだ)

茜里の誘いに乗ってしまったことを後悔しつつ、舌をいっぱいに出すと、真由子が腰を前後に揺すった。

小水と愛蜜にまみれた粘膜が舌をすべっていき、

「あんっ……あっ……ああんん、先生の舌、気持ちいいわ」

真由子が太腿をがくがくと震わせる。

よく味わわないとわからないほどにかすかな匂いと味がする。この微妙な味覚は、小水のものだろうか?

女のオシッコなど舐めたことも、呑んだことともないから、よくわからない。

だが、微妙に調味料が効いているようで、味覚としては悪くはない。

真由子が腰振りをやめて、少し腰を浮かした。

こうなったら、健太郎としても自分から動いて、感じさせたい。そのほうが、やられっぱなしより、屈辱感は少ない。

いっぱいに突き出した舌の先で、ぬめりの狭間をくすぐるようにすると、

「あっ、それ……ぁああ、はうぅぅぅ、先生、気持ちいいわ」

真由子は蹲踞の姿勢から移行して、膝をつき、持ちあがった尻を細かく震わせる。

さらに、濡れ溝の上方の肉芽を舌先で転がすうちに、それとわかるほどに大量の蜜が滲んできて、

「あっ……あっ……そこ！　うぐ……くふっ……」

真由子は顔をのけ反らせて、断続的にがくん、がくんと身体を揺らす。

見ると、紫蘇《しそ》色の縁取りの肉びらがひろがって、薔薇の花のように入り組んだ内部の赤いぬめりがひくひくっとうごめいている。

健太郎は自分から舌をつかって、残尿をきれいに拭き取っていく。

だが、拭き取るはなから、蜜があふれてきて、そこはますます洪水状態になり、

いったん顔を離すと、粘液が納豆のように糸を引いた。

なおも舌を走らせると、真由子はもう居ても立ってもいられないといった様子で、

「ぁああ、ぁああ、いい……先生の舌、気持ち良すぎる……」

せがむように腰を前後左右に振るので、健太郎の口許は蜜でべとべとになり、鼻も口もふさがれて、息もできない状態に追い込まれる。

「ああん、もう我慢できない」

真由子が腰を浮かし、健太郎の服に手をかけた。

シャツもズボンも、ブリーフさえ脱がされて、とうとう素っ裸にされた。

真由子も和服を脱ぐのかというとそうではなく、着たまま、シックスナインの格好で覆いかぶさってきた。

下半身に顔を寄せ、肉茎の根元を握って全体をぶんぶん振る。

肉棹がしなりながらどこかにぶつかって、ぺちん、ぺちんと滑稽な音を立てる。

硬度を増した勃起を握ってしごきたてると、肉茎を押しあげて、その裏側の筋を指腹でさすってくる。

たらっと唾を垂らして、それを亀頭冠の真裏に塗りつけるようにゆるゆるとまわし揉みし、顔を寄せて舌を躍らせる。

それから顔をあげ、肉棹を手首の角度を変えて握りしごきながら、

「ああ、先生……舐めて。真由子のあそこを舐めて」

もどかしそうに尻を揺すり立てた。

ならばと、健太郎は着物と緋襦袢を完全にまくりあげて、落ちないように帯に留め、あらわになった尻たぶの底にしゃぶりついた。

「はうぅぅ……！」

金糸の入った帯が締められた背中を気持ち良さそうにしならせ、真由子は手を止めて、肉棹を握っただけになる。

健太郎が尻たぶをひろげて、開いた花肉の底を縦に舐めると、

「ああ、そうよ。先生、もっと、もっとちょうだい」

下腹部の屹立をしごきながら、せがんでくる。

ふと健太郎はあることを思いついた。真由子は幸い、健太郎を懲《こ》らしめることより、自分が感じたいという思いの方が大きいように感じた。

「真由子さん、おチンチンを口だけで咥えてもらえないか？　それから両手を後ろにまわして、あそこを指でひろげてくれ」

「ああん、エッチなのね。先生のくせしてドスケベなのね」

「そうだ。俺はドスケベだ」

こうなったら居直るしかない。

真由子は屹立を頬張り、両手をこちらに向かって尻越しに伸ばし、両側から陰唇に指を添え、ぐいと開いた。

ネチッと音を立ててあらわれた粘膜の、鮮やかすぎる紅色のぬめりにハッとさせられながらも、顔を寄せて、狭間を舐めた。

上下に舌を走らせ、さらに、肉芽を弾くようにして左右に擦る。

真由子は左右の手指で必死に肉びらを全開させながらも、勃起を咥え込んだ口許から、「うっ……うぐぐ」ところえきれない呻きをこぼす。

健太郎が舌の動きを止めると、「んっ、んっ、んっ……」と、ここぞとばかりに肉棹を唇でしごきたててくる。

たっぷりの釉薬《ゆうやく》を塗った陶器に似た光沢を放つ尻たぶの奥まったところで、セピア色の窄まりがひくついている。

幾重もの皺が放射状に集まったその底が、わずかに落ち窪んでいて、普通なら見えるはずの収斂部がひっそりと隠れている。

(うん？　アナルセックスをしているのか？)

健太郎は以前に、裏ビデオでアナルセックス経験済みのアヌスを見たことがある。それと形状が似ていた。

六十歳の経営コンサルタント社長の夫の写真を、さっきちらっと見せてもらった。禿鷹《はげたか》のような顔をした、一癖も二癖もありそうな容姿だった。

（あの旦那なら、アナルセックスくらいするかもしれない）

試しに、窄まりを舐めてみた。

真由子が陰唇をひろげているその少し上の薄茶色の小菊を唾液でまぶし、ちろちろと舌先でくすぐるようにすると、

「うっ……うぐっ……おおぉぉ」

肉棹を頬張ったまま、真由子がもどかしそうに尻を揺すった。

やはり、アヌスが性感帯らしい。

健太郎が親指を孔にあてて、少しずつ力を加えると、窄まりがひろがって、ぬるりっと親指を呑み込んだ。

侵入者を歓迎するようにうごめき、締めつけてくる窄まりを親指で内部を掻き混ぜながら、その下の花肉にも舌を走らせる。

「うぐ……ん、んっ、んっ……」

たてつづけに肉棹を唇でしごきたてた真由子が、それを吐き出して、

「ぁあぁぁぁ、ダメぇ」

と、顔をのけ反らせた。

それでも、言いつけを守って、陰唇を指でひろげたままだ。

締めつけが少しゆるんできたので、健太郎は親指を抽送しながら、クリトリスに舌を小刻みにぶつけてやる。

「あっ、あっ、あっ……はぁあああ……」

真由子はビクン、ビクンと尻肉を震わせていたが、

「我慢できないわ」

いったん立ちあがって、下半身をあらわにしたままいたがってきた。

燃えるような緋襦袢だけが垂れ落ちて、太腿の上部にかぶさっている。

鮮烈な赤に目を奪われているうちにも、真由子はいきりたちをつかんで導き、それに向かって腰を沈ませてくる。

肉の軸が熱いほどに蕩けた女の壺を一気に奥までうがち、

「はうぅぅ……！」

真由子は上体をほぼまっすぐに立てて、それから、もう待ちきれなかったとばかり

に腰を揺すり出した。

クリーム色の和服に金糸の入った豪奢《ごうしゃ》な帯を締め、真っ赤な長襦袢を乱し、結い髪をのけ反らせながら、快楽を貪ろうとしている。

女はみんな貪欲だと思う。

奈緒も、茜里も、そして、郷子も——。

そして、今自分は上昇運にあるのか、幸いにも魅力的な女たちの恩恵にあずかっている。もしかしたら、これまで生きてきたなかで、もっとも女運に恵まれているかもしれない。

真由子が膝を立てて、腰を上下に振りはじめた。

燃えるような緋襦袢がたくしあがって、その下のむっちりとした左右の太腿の奥に肉棹が嵌《は》まり込んでいるのが見える。真由子が腰をスクワットでもするように振り立てると、それが姿を消し、すぐにまだ出てくる。

鮮やかな和服をつけているから、いっそうその行為をしどけなく感じ、健太郎も高まる。

「そのままにしていろよ」

相撲《すもう》取りが賞金をもらうときの姿勢で、動きを止めさせて、下から突きあげた。

ぐいっ、ぐいっと腰をせりあげると、蜜にまみれた肉柱が裂唇をうがち、

「あっ……あっ……あん、あん、あんっ……いい。いい、イッちゃう……くっ！」

真由子ががくがくっと前に突っ伏してきた。

気を遣《や》ったのだろうか、時々震えながらも、健太郎にしがみついている。

2

一息ついて、あらかじめ用意してあったのだろう、真由子がポットのお湯を使って、手際よく茶を点ててくれた。

「どうぞ、召し上がれ」

「いただきます」

健太郎が真っ黒ないかにも高価そうな茶器で緑色の抹茶を啜《すす》る。全裸で、茶を啜るのは妙な気分だ。

と、その前で真由子が立ちあがって、着物を脱ぎはじめた。

後ろを向いて、お太鼓を解き、金糸の光る帯をシュルシュルッと衣擦《きぬず》れの音をさせて解いていく。

リンゴの皮を剝いたように垂れ落ちていく帯の動きに見とれているうちにも、真由子は着物を肩からすべり落とした。

茶室のなかで見る緋襦袢姿はその赤が鮮烈で、健太郎は思わず息を吞んだ。

だが、真由子はその緋襦袢をあっさりと脱いだ。腰から下はこれも燃え立つような赤い腰巻《こしまき》で覆われていた。

そして、結われていた髪を解いて頭を振ると、漆黒の長い髪が生き物のように垂れ落ちて、裸の肩や背中にかかった。

真由子がこちらを向いた。

腕を交差させて隠しているが、たわわな乳房のふくらみがはみ出している。

真っ赤な腰巻の下で白足袋に包まれた小さな足が動いて、こちらに向かってくる。

健太郎が茶器を横に置くと、前に背中を向けて正座し、健太郎の手を乳房に導いた。

じかに触れた乳房はやはり、大きい。そして、これが熟女の胸なのか、揉み込むほどに柔らかく形を変えて、まったりとまとわりついてくる。

しかし、このままつづけていいものだろうか？　健太郎は気にかかっていたことを訊いた。

「旦那さんは、大丈夫なのか？」

「……あの人は、大丈夫。むしろ、悦ぶと思うわ」

「えっ……？」

「主人はもう六十歳でしょ。普通のやり方ではあれが言うことを聞かないのよ。昔はSだったんだけど、今はMなの」

「Mって……マゾってことか？」

「ええ。本人に言わせると、Sだった男はMになれるらしいわ。SにはMが、MにはSがよくわかるそうよ。振り子みたいなもので、人はSとMの間を揺れ動くんだそうよ」

なるほど、それは健太郎にもわかる気がする。

「主人、わたしが他の男と寝たことを告白したら、怒るでしょうけど、ほんとうは昂奮すると思うわ。嫉妬することで、かきたてられるものがあるんだわ、きっと……」

「えっ……じゃあ、このことをご主人に？」

「言うつもり……でも、心配なさらないで。坂上さんの名前は絶対に出さないし、相手が誰かは特定できないようにするから。頼みたいことがあるんだけど……」

真由子は立ちあがって、さっき解いた帯揚げを持ってきた。

縮緬《ちりめん》でできたピンクの柔らかな帯揚げである。

「これで、縛ってくださらない？」

「縛るって……」

真由子は帯揚げを健太郎に手渡して、後ろを向き、両手を背中にまわして、右手で左前腕部を握った。

「縛ったことがなくても、手首をくくるくらいできるでしょ？」

「それはそうだが……」

「いいから、やって。それとも、茜里さんとの破廉恥な情事をばらされたい？」

それは困る。

「ここは誰も来ないし、先生のことは絶対に口外しないわ。お願い」

それほど頼まれれば、断れない。

健太郎は柔らかな帯揚げを両腕が合わさるところに幾重にも巻き、最後にぎゅっと結んで留めた。

すると、真由子はくたっとなって、後ろの健太郎にしなだれかかってきた。

健太郎は真由子を支え、背後から伸ばした手で乳房を揉みしだいた。たぷたぷと柔軟な肉層が指に吸いついてきて、

「ぁああ、ぁあああぁぁぁ」

真由子は気持ち良さそうに喘いで、いっそう体重を預けてくる。

こうなると、縛りの趣味などない健太郎も、昂奮してくる。

右手をおろしていき、いい具合に脂ののった脇腹から腹部へと、さらに、腰巻の上から太腿を撫でる。

そうしながら、たわわな乳房を揉みしだくと、真由子は腰をくねらせ、総身をよじっていたが、やがて、腰が落ちる。

健太郎は座って胡座《あぐら》をかき、その上に真由子を後ろ向きに座らせる。

乳房を揉み、襟足にキスをする。

そして、右手を前に伸ばして、腰巻を撥《は》ねあげながら太腿の奥に差し込んだ。

すべすべの内腿を撫であげていくと、行き止まりに柔らかな繊毛とともに潤みきった女の唇があり、

「あんっ……あっ、あっ……」

指先でなぞるうちにも、真由子はビクン、ビクンと震えて背中をしならせる。

「すごいな。あなたは縛られると、燃えるんだな。さっきより、全然反応がいい」

「……主人がまだ元気な頃にMを仕込まれて、それが抜けきれないのよ」

「今、ご主人はMで、こういうことをしてくれないんだね？」

「ええ……彼は今、反対に縛られるほうなのよ。ずっと女王様をしていると、逆に自分が何を求めているかがわかってくる……言っていることはわかるでしょ？」

「ああ、わかるよ。女王様のあなたも魅力的だろうけどね」

「よかったら、今度いじめてあげるわ。でも、今は……わたしをMにさせて。いじめてほしい……」

健太郎はうなずいて、乳房を荒々しく揉みしだき、そして、下腹部に差し込んだ指で濡れ溝を擦ってやる。

さっき男のものを受け入れた割れ目はしとどに濡れていて、ぬるっ、ぬるっと指がすべる。

「ぁああ、ぁあああ……」

と息も絶え絶えに身をよじる真由子は、いつもの颯爽《さっそう》とした夫人とは違い、その落差がひどく刺激的である。

欲望が込みあげてきて、健太郎は立ちあがった。

仁王立ちすると、何も言わないのに、真由子は自分から前にしゃがみ、赤い腰巻姿で正座した。

ほつれた黒髪が乱れかかる顔をあげて、ご主人様に許しを乞《こ》うように健太郎を見あげてくる。

「しゃぶりなさい」

ご主人様になった気持ちで言うと、真由子はうなずいて、まだ下を向いている肉茎をすくいあげるように頬張り、ゆったりと顔を振る。

見目麗《うるわ》しい夫人が後ろ手にくくられた姿勢で正座して、自分の分身にしゃぶりついている――。

それがどんどん硬くなってきて、唇が表面をすべっていく悦びも大きくなった。

ふと横を見ると、障子《しょうじ》の立てられた窓が夕陽で茜色に染まっていて、それが腰巻の赤と共鳴し、二つの微妙に色合いの違う赤に、健太郎は酔った。

ふと、郷子の顔が脳裏に浮かび、罪悪感が込みあげてくる。

だが、それも、次第に激しく振幅も大きくなってきたフェラチオの快感に、朝露《あさつゆ》のごとく消えていった。

真由子が動きを止めて、咥えたまま見あげてきた。

胸を喘がせながらも、とろんとした目で何かを訴えている。何だろう？　そうか、こうか……。

健太郎は真由子の顔を両手で挟み付けるようにして、自ら腰を振った。

猛りたつものが薄い唇を押し広げて、ずりゅっ、ずりゅっと犯し、真由子はつらそうに眉をハの字に折りながらも、どこかその苦しさが気持ちいいとでも言いたげな顔で健太郎を見あげつづけている。

（色っぽい顔をするんだな……）

普段のきりっとしすぎた顔よりも、こっちのほうがはるかに惹かれるものがあった。

真由子が顔を横向けたので、亀頭部が口の横を擦り、繊細な頬が亀頭冠の形にふくらみ、リスの小袋のようなものが移動する。

と、真由子は自ら顔を反対に向けて、もう一方の頬にも亀頭部を擦りつけた。

それから正面を向いたので、切っ先が喉にまで達した。

明らかに喉を突いているので、相当に苦しいはずだ。

真由子は見あげる瞳に涙さえ浮かべて、じっと耐えている。

ふいにもっと懲らしめたい、という欲望が湧いてきて、真由子の後頭部をつかんで引き寄せ、腰をぐいと突き出した。

「うぐ……」

反射的に逃げようとする顔をつかみ寄せ、さらに深いところに切っ先を届かせ、駄目を押すようにする。

それから顔を解放してやると、真由子は飛び退《の》くように横に倒れ、えずいて涙を流した。

後ろ手にくくられ、横臥して身体をくの字に曲げている。

赤い腰巻がはだけて、ふくら脛とともに内腿がのぞき、その仄白い肌がひどく煽情的だった。

「大丈夫か？」

心配になって近寄ると、真由子はうなずいて言った。

「同情しないで。同情されると、シラけるの。気にしないで、もっと真由子をいじめて。お口を犯して」

仰向けになって、口を開けた。

健太郎は真由子の肩をまたぐようにして、いきりたっているものを口にあてた。

そのまま前屈みになって、片手を布団につくと、真由子が自分から肉茎にしゃぶりついてきた。

温かい口腔と唇を感じながら、下の口に打ち込むように腰をつかうと、硬直がずりゅっ、ずりゅっと唇の間を行き来して、

「うぐ……ぐふっ、ぐぐ……」

真由子はぎゅっと目を瞑《つむ》り、眉根を寄せながらも、懸命に耐えている。

苦しげに顔をゆがませながらも、凌辱をどこか愉しんでいるようにも見える。

健太郎はつくづく女は男の理解の範疇《はんちゅう》を超えるものだと思う。だが、わからなくても、人は昂奮できる。

口の奥へと分身を叩き込み、引くと、唾液とも胃液ともつかないとろっとした液体が口角からあふれ、顎へとしたたっていく。

だが、健太郎はサディストではない。そのケはあるが、なりきれない。

女を可哀相だと思ってしまう。

肉棹を引き抜き、今度は少し体をずらして、双乳を揉みしだく。

枝のように青い静脈がところどころに透け出した乳肌をぐいぐい揉むと、いっそう肌が薄く張りつめ、ぷっくりとしたふくらみから血管が浮き出る。

子供を産んでいないせいか、乳首は三十七歳とは思えないほどに清新で、いたいけにせりだした乳首を口に含み、チューッと吸うと、

「はぁあああ……あっ、あっ……もっと、もっといじめて」

真由子が求めてくるので、乳暈ごと乳首をぎゅっと甘噛みした。

「くっ……あっ……くっ……くくっ……」

奥歯を食いしばって痛みを耐えながらも、どこか陶酔した表情を浮かべる真由子の姿を、誰が想像できるだろうか？

歯軋りするように乳首をコリコリすると、真由子が「ヒィッ」と悲鳴をあげて痙攣したので、健太郎は乳首を吐き出した。

みっちりと脂の乗った腹部へと舐めおろし、さらに、膝をすくいあげる形で真由子の足をあげ、その奥に顔を寄せた。

「ぁあぁ、見ないで……」

真由子が恥ずかしそうに身をよじった。

その理由はすぐにわかった。

ヴィーナスの丘は薄い繊毛に覆われていたが、肉丘に『M』という文字が青く刻まれていた。

「これは？」

「主人が、彫師《ほりし》に頼んで入れさせたのよ」

「Mは真由子の頭文字であり、マゾのMっていうことだな？」

「ええ……だいぶ前に入れたから、当時、わたしはMだったのよ」

健太郎はこの夫婦の秘密に愕然とした。

還暦前の経営コンサルタント社長が若い真由子を後妻にもらったのだから、何かあると思ってはいたのだが……。

「このこと、誰にも言わないでね」

「わかった。言わないから、真由子さんも私と茜里さんのことは……」

「わかったわ」

安心して、健太郎は恥丘に舌を走らせる。

地肌の刺青《いれずみ》に舌を届かせてちろちろとなぞると、

「ぁああ、昴奮する。それ、昴奮するのよ」

真由子はぐいぐいと恥丘をせりあげて、擦りつけてくる。

(そうか、刺青の部分を舐められると、こうなるのか……)

執拗に陰毛の底に舌を届かせ、唾液でまぶしていくと、その下の亀裂も滲んできた蜜で濡れ光って、ひくひくとうごめきはじめた。

3

「ああ、ねえ……ねえ……」

真由子が顔を持ちあげて、とろんとした目で健太郎を見た。そのすがりつくような目が、健太郎をその気にさせる。

うつ伏せのままでは、背中と布団に挟まっている手首がつらいだろう。

そう思って、真由子を布団に這わせた。

両手をピンクの帯揚げで後ろ手にくくられた真由子は顔の側面をシーツにつき、赤い腰巻の尻を高々と持ちあげる。

腰巻をまくりあげると、白い尻があらわれ、その脂肪を満遍なくたたえた丸い尻に目を奪われながら、硬直を埋め込んでいく。

「くっ……！」

真由子は凄艶に呻いて、腰を細かく震わせる。

ヒップを引き寄せながら腰をつかうと、尻たぶの底に怒張が出たり、入ったりして、

「うっ……うっ……」

真由子は肢体を前後に揺らして、低く呻く。

悩ましいカーブを描くその後ろ姿を、窓の障子から射し込んできた夕陽が朱に染めて、乱れ髪が白いシーツに散っている。

たっぷりと肉のついた尻がそれを求めているような気がして、健太郎は右手を振り

あげた。

振りおろすと、ピシャッといささか間の抜けた音がして、

「うっ……！」

真由子の背中が震え、膣も収縮して肉棹をきゅっと締めつけてくる。

つづけて叩いて、わずかに赤く染まってきた尻たぶをゆるゆると撫でさすった。

「ああ、気持ちいいわ。あなたの愛情を感じる」

真由子が腰を横揺れさせた。

(そうか、叩いておいてやさしくすると、女は胸がきゅんとするんだな)

飴《あめ》と鞭《むち》である。

後ろから繋がったまま腰を突き出すようにして、両手で左右の尻たぶを乱れ打ちした。乾いた音がつづけて立って、

「あっ、あっ、くっ……」

真由子が声をあげ、背中の手指を開いたり閉じたりする。

打擲《ちょうちゃく》を受けるたびに、肉路がヒクヒクッと硬直を締めつけてくるのを感じながら、イチゴジャムを塗ったように染まった尻たぶを今度は一転して、愛情を込めて撫でまわしてやる。仄かに熱を持った肌を慈《いつく》しむようにさすると、

「ああぁ、ああぁぁ……」

真由子が陶酔したように身体を揺らしはじめた。

と、屹立が嵌まり込んだその膣のすぐ上で、セピア色の窄まりが物欲しそうにひくついているのが目に入った。

(きっと、アナルセックスをしているな)

夫の性癖を聞いて、ますますその推測に自信が持てた。

あふれだした蜜を指ですくって、皺の凝集した部分に塗り込めると、

「あっ……あっ……ああん、そこ……」

真由子が気持ち良さそうな声をあげて、尻をもっととばかりに突き出してくる。

「お尻が感じるようだね」

真由子は黙して語らない。

それをイエスと受け取って、健太郎は中指をしゃぶって唾液で濡らした。さっき親指を受け入れたのだからと、指腹を上に向けて、窄まりに押し込んでいく。

「い、いや……あっ！」

悲鳴が途切れ、括約筋がほぐれて、中指が一気に第二関節まですべり込んだ。

きゅい、きゅいと入口が締めつけてくるの感じながら、指を抜き差しすると、

「あぁあ……ぁああ、それ、気持ちいい……お腹が落ちていくみたい」

心底から感じている声をあげる。

アヌスを指で犯しながら、下の口に怒張を押し込んでいると、真由子が言った。

「……に、ちょうだい」

「えっ？　聞こえなかった。どこにだ？」

「お、お尻……」

「今、指が入っているところに、今、オマ×コに入っているものを入れてほしいんだな？」

真由子が小さくうなずき、「ローションがそこにあるから、使って」と茶器のおさまった木箱を示す。

健太郎がさがすと、引き出しの奥に確かに透明な粘液の入っている糊《のり》の容器に似たものがある。

取り出して、チューブから絞り出して尻の上のほうから垂らすと、とろっとした透明な粘液が糸を引いて垂れ落ち、尻の狭間をアヌスに向かって流れてくる。

それを窄まりに塗りつけて、さらに、自分の肉柱にも伸ばした。

アナルセックスは若い頃に試したことがあるが、潤滑剤を使うことを知らなかった。

そのため、一応入ったものの女は痛がって、二度とやらせてもらえなかった。

放射状の皺が集まるところに切っ先をあてて、慎重に押し込んでいく。

アヌスもペニスもローションまみれのせいか、ちゅるっとすべって弾かれた。もう一度試してみるものの、なかなか入らない。

と、焦れったくなったのか、真由子が指示をしてくれる。

「そこ、そのまま、最初はゆっくりと……そう、そうよ……今よ、ぐっと一気に」

それに従いながら健太郎が尻に向かって腰を突き出すと、勃起が括約筋を押し広げて、ぬるっと嵌まり込み、

「くぅぅ……！」

低く凄絶に呻いて、真由子は背中の手首を握りしめた。

さらに腰を進めると、屹立が行き止まりまですべり込んで、止まった。

「あああ、入ってるわ。先生のおチンチンをお尻に感じる」

真由子が感極まったように言う。

健太郎もどこかこれが現実だとは信じられない。

ムスコが本来入れるべき孔ではなく、その上の排泄器官におさまっている。

不思議な感じだが、自分たちは普通の人はやらないことをやっているという、その

特別感がどこか心地好くもある。

健太郎は突きあがった尻をつかみ寄せて、ゆったりと慎重に腰をつかった。

たっぷりの潤滑剤のせいですべりはいい。

だが、入口から浅瀬にかけて時々きゅうと締まって、その緊縮力のある狭い孔をこじ開けるようにして肉棹を行き来させると、健太郎のほうも高まってくる。

自分が獣《けもの》になったような気がする。

ぐいっと奥まで打ち込むと、

「あっ……！」

真由子のハの字に開いた白足袋がビクンと撥ねる。

赤い腰巻はまくれあがって腰にまとわりついている。

放出をこらえて大きく抜き差しすると、ピンクがかった肛門粘膜が抽送のたびにまくれあがって、

「あんっ、あんっ、あんっ……いい。いいのよぉ。おかしくなる。おかしくなる……落ちていくわ。奈落の底へ落ちていくぅ」

真由子がさしせまった声を放って、後ろ手の手指を握りしめる。

「そうら、落ちろ。落ちていいんだぞ」

健太郎は腰をつかいながら、右手で尻たぶをスパンキングした。

パシ、パシッと右側の尻を叩くと、アヌスもきゅっと締まって、怒張が締めつけられる。

「おっ、あっ……真由子さん、出そうだ」

「出して……お腹を穢してちょうだい」

「イクぞ。そうら」

赤く染まっている尻たぶをつかみ寄せて、思い切り叩き込んだ。

「あんっ、あんっ、あんっ……いい。いいのよぉ……」

「そうら」

「あっ……ぁあああぁ、イク、イッちゃう……お尻でイッちゃう！」

「そうら、お尻でイケ」

素早く出し入れすると、甘い疼きが一気にひろがり、健太郎もさしせまってきた。

つづけざまに打ち込んだとき、

「イクぅ……やぁあああぁぁぁぁぁ、くうぅ……！」

真由子がのけ反りながら、全身をぶるっ、ぶるっと痙攣させた。

括約筋の収縮が肉棹にも伝わり、駄目押しとばかりに打ち込んだとき、健太郎も絶頂へと押しあげられた。

がくっ、がくんと震えて、前に覆いかぶさっていく。

と、真由子も前に突っ伏していく。

健太郎は身体を重ねた状態で、しばらくいた。

やがて、力を失《な》くした分身がアヌスに押し出されて、健太郎もすぐ隣にごろんと横になる。

真由子は腹這いになって、ぴくりとも動かない。

なめらかな曲線を描く背中を横から撫でると、真由子はピクッとして、それから、また気絶したように動かなくなった。

第六章　契《ちぎ》りの性宴

1

大西家での出張料理人という大役を好評のうちに務め終えたその夜——。

健太郎は自室のベッドに横になっても、緊張がいっこうに解けず、ベッドの上を輾《てん》転《てん》としていた。

真由子は茶室での出来事をおくびにも出さず、VIP連中を相手に、優雅な笑顔を振りまいてホステス役を務めていた。

そして、この数カ月で料理の腕をあげた郷子は、健太郎の片腕として大活躍してくれた。

すべてを終えて、自宅で二人だけの打ち上げをした。

さすがに郷子に疲れは見えたものの、自分が健太郎の助手として大役を務めあげたことがうれしいのか、表情は生き生きとしていた。

そんな郷子を抱いてやりたかったし、郷子からも端々《はしばし》に、身を任せたいという気配が感じられた。

（今夜くらい、郷子を抱いてもバチはあたらないんじゃないか……）

しかし、祭りの夜に、二人はこの夜だけの肉体関係と決めていた。もし今夜、郷子と寝たらこのまますずるずると行ってしまいそうで、とても切り出せなかった。

いずれにしろ、すぐに寝つくことができていたら、これほど悶々とせずに済んだはずだ。

健太郎は目が冴《さ》えて眠れず、ベッドから出た。

足が勝手に動いていた。

部屋を出て、廊下を歩き、郷子の寝室の隣室に足音を消して、入っていく。

息子とのテレホンセックスを覗き見して以来、時々ここを訪れて、郷子の寝顔をこっそりと覗いていた。

いつものようにミシン用の丸椅子を境の壁の前に置き、慎重にあがった。

横に長い窓からそっと覗くと――。

郷子はベッドの枕灯で、文庫本を読んでいた。

掛け布団はかけずに、ベッドに仰向けに横たわっているのだが、その姿にハッとした。

男物の白いワイシャツを着ていて、下半身には何もつけていないので、すらりと長い脚が太腿まで見えていた。

郷子のこんな姿を見るのは初めてだ。

糊の利いたワイシャツは孝太郎のものなのか、やや大きめでだぼっとしている。手首のボタンと胸のボタンが上から二つ外されていて、豊かな胸のふくらみがのぞいていた。

上を向いているのだから、健太郎もそう大胆には顔を出せない。見つかる危険があるからだ。

と、郷子が身体の向きを変えて、うつ伏せになり、枕を胸の下に置いた。

その姿勢で、文庫本をまた読みはじめた。

膝から下をあげて、足を振りはじめた。何気なしにやっているのだろうが、ワイシャツの裾がずりあがって、太腿の裏側がほぼ付け根まで見えている。

（もう少しで尻も見えるんだが、もしかしてノーパンか）

期待を寄せた次の瞬間、郷子が本を脇に置いて、顔を枕に埋めた。

しばらくすると、ワイシャツを張りつかせた尻が微妙に揺れはじめた。

郷子は腹のほうから下腹部に差し込んだ両手を動かしているようだった。うつ伏せで尻だけをやや持ちあげた肢体が、波にただよう小舟のように左右に揺れて、

「うっ……あっ……」

押し殺した喘ぎを、洩らしている。

やはり、郷子も出張料理人という大役を無事に終えて、健太郎と同様にほっとするとともに身体が火照《ほて》っていたのだろう。

作務衣の下の健太郎の分身も、力を漲らせてきた。

そのとき、郷子が動き、腰が一気に持ちあがった。

上体は低くなっているが、尻だけが高々と突きあがった姿勢である。

（おっ……！）

健太郎は洩れそうになる声を必死に抑えた。

男物の白いワイシャツの裾がまくれあがって、丸々とした尻があらわになったのだ。

きゅっとくびれたウエストから急速にふくらんだ尻たぶ――。

やはり下着はつけておらず、タマネギ型のヒップがほぼ丸見えになっている。そし

て、その奥で腹のほうから伸びた右手が、女の亀裂を撫でさすっていた。

「ぁああ、あうぅぅぅ……」

枕に顔を伏せて、喘ぎを押し殺しながら、郷子は腰を左右に揺らした。

いつの間にか、二本の指が女のとば口に嵌まり込み、第二関節まで姿を消している。

そこに自ら感じる部分を押しつけるような動きで、郷子はぐっ、ぐっと尻を突き出す。

左手は前に伸びて、シーツを皺になるほどに鷲づかみにしている。

(郷子さん、何てことを……)

胸が詰まるような昂りがせりあがってきて、健太郎も作務衣のなかに右手を入れた。

それは熱いと感じるほどにいきりたち、ドクッ、ドクッと鼓動を伝えてくる。

ゆったりとしごきながら、横に長いガラス窓から息子の嫁の痴態を覗きつづけた。

腹のほうから潜らせた右手で局部を細かく抜き差ししていた郷子が、顔を横向けた。

健太郎の方を向いている。

あっと思って、健太郎は顔を引っ込める。

(ばれただろうか……?)

いや、こっちの部屋はほぼ真っ暗であり、郷子も上を向いたわけではないから、見えなかっただろう。

そう判断して、そろそろとまた顔をあげる。

郷子はこちらに顔を向けたまま、目を閉じていた。そして、右手の指で下腹部を激しく刺激しながら、

「ぁああ、ぁあああぁぁ……」

眉根を寄せ、喜悦の色を浮かべて、全身を前後に揺らしている。

健太郎はその悩ましい表情に視線を釘付けにされ、股間のものを握りしごいた。ひと擦りするたびに、下半身はおろか脳味噌まで蕩けていきそうな悦びがひろがってきて、射精前の気持ち良さが全身を満たした。

そのとき、郷子が身体を起こした。

ベッドを降りて、クロゼットの引出しから透明な箱に入っているものを取り出した。あのディルドーだった。以前、郷子が息子相手にテレホンセックスをしていたときに使っていた大型のものだ。

期待に胸が躍った。

郷子はベッドの端に座って、ピンクの大型ディルドーを口に持っていき、本体に舌を這わせはじめる。

(……唾液を塗り込めて、潤滑剤代わりにしているんだな)

本物を模《も》して、カリが張って少し反っている張り形を、郷子は丹念に舐め、そして頭部から頬張った。

両手で握らないと支えきれないほどの大型張り形に唇を往復させるその姿を見ていると、神社の裏手でフェラチオされたときの蕩けるような快美感が思い出されて、分身がビクッと頭を振った。

ディルドーを吐き出して、郷子はワイシャツの上からそれを胸のふくらみに押しつけた。トップに先端を擦りつけるようにしてまわし、

「あっ……うっ……」

顔をのけ反らせて、かすかな声をあげた。

付着していた唾液がついたのだろうか、ふくらみの中心に小さなシミができて、ピンクのぽっちりとした突起が透け出ていた。

(何という色っぽさだ……)

健太郎は完全に目を奪われていた。

それから、郷子の取った行動をしばらくは理解できなかった。

郷子はしゃがんで、濡れそぼるディルドーの根元のほうを下にして、フローリングの床に押しつけはじめた。

よく見ると、付け根のほうに丸い吸盤のようなものがついている。

（そうか、あの吸盤で床に貼り付けるわけだな）

上手くできないのか、郷子は幾度もやり直していたが、やがて、成功したのかピンクの張り形がタケノコのように床から突っ立っているのが見えた。

郷子はそこでもう一度、這いつくばるようにして張り形を舐めて濡らし、上体を起こした。

（そこにまたがるのか？）

想像しただけで、健太郎の切っ先からは粘っこい液体が滲んできた。

郷子は床に蹲踞の姿勢でしゃがみ、床から生えた人工ペニスをつかんで、太腿の奥に導いた。

つかんで支えたまま、ゆっくりと腰を前後に振って擦りつけ、

「あああ、あうぅ……くっ」

のけ反って上を向いた。

ハッとして、健太郎は顔を引っ込める。

（発見されただろうか？　いや、見えなかっただろう）

おずおずと顔を出して、斜め下にいる郷子を見た。

郷子がディルドーをつかんだまま、慎重に腰を沈めていくところだった。

真下ではなく、斜め前の上方から見る形になって、郷子の鈍角に開いた太腿の付け根に、ピンクのディルドーが少しずつ姿を消していくのが目に入る。

歯を食いしばっていた郷子が顔を反らせて、

「ぁあぁぁぁ……」

と喘いだ。

タケノコのように床から生えた肉茎を床から外れないようにしてつかみ、両膝をついて、下腹部をくいっ、くいっと打ち振り、

「ああぁ、はうぅぅぅ……」

切なげに眉根を寄せた。

もどかしそうに腰を前後に揺すっていたが、膝を片方ずつ立てて、完全な蹲踞の姿勢になった。

そして、右手でディルドーを支え、左手を前の床についてバランスを取り、ゆったりと腰を上下に振りはじめた。

(何という卑猥なことを……!)

斜め上方からだが、健太郎にもピンクの大型ペニスが、郷子の翳りの底に出たり

入ったりする光景がはっきりと見えた。

鈍角にひろがった太腿、繊毛の底をうがっているピンクの肉茎——。

左手を床から離して、郷子は上体をまっすぐに立てた。

ワイシャツ越しに乳房をまさぐった。

白い布地を盛りあげた胸のふくらみの頂上にはぽっちりとした突起が透け出している。

郷子ははだけた襟元から手をすべり込ませ、じかに右の乳房を揉みはじめる。

そうしながらも、全身はスクワットでもするように上下動して、床から伸びたディルドーを体内に受け入れ、

「あああ、あうぅぅぅ……」

仄白い喉元がのぞくほどに顔をのけ反らせた。

上を向いたまま、その唇が動いた。

「……て……て……」

(何を言っているんだ？)

目を凝らし、耳を澄ます。

「見て……見て……」

確かに、郷子はそう言っていた。

身体の中心を戦慄が走った。

(知っているのか？　私が覗いているのを知っているのか？)

さらに耳を澄ました。今度は、はっきりと聞こえた。

「ああ、お義父《とう》さま……」

次の瞬間、郷子がはっきりと健太郎を見た。

目と目が合った。

郷子は胸をまさぐり、腰を上下動させながら、すがるような目を向けている。

「来て……お義父さまがそこにいるのはわかっているの。来て、見ているだけじゃなくて、ここに来て。お願い……」

小声だが、はっきりと聞き取れた。

「いいのか、行っていいのか？」

窓越しに確かめた。

「……早く、お義父さま、早く来て」

郷子の唇がそう動いた。

2

健太郎は和室からいったん廊下に出て、若夫婦の寝室のドアを開けた。

郷子がこちらを向く形で床から伸びたディルドーをまたいで、ピンクの柱を体内に受け入れていた。

健太郎が近づいていくと、郷子は待ちきれないとばかりに、作務衣を突きあげた勃起に顔を擦りつけてきた。頬擦りしてから、愛しそうにちゅっ、ちゅっとキスしてくる。

作務衣のズボンを脱がそうとするので、健太郎は自分からズボンとブリーフを引き下ろして、足先から蹴飛ばすように脱いだ。

「私が覗いているのを、いつから知っていたんだ？」

訊くと、郷子が答えた。

「ずっと前から。孝太郎さんと電話でしているとき、お義父さまは覗いていらした」

内臓が縮みあがった。

（……そうか、あのときにもう気づいていたのか）

ということは、これまでの覗き見はほぼ知られていたのだろう。

(だから、あのバスルームで、私を誘ったんだな)

唐突に見えた郷子の行動が読めてきた。

「今夜はいらっしゃるだろうと思っていました」

「読まれていたか?」

郷子は見あげて微笑み、

「……祭りの夜に、一晩だけだと約束しましたね。約束は守ります。でも、お口でなら、お口でならいいでしょう?」

すがるように見あげてくる。

ワイシャツの胸からはたわわな乳房がのぞき、ひろがった太腿の奥にはディィルドーが嵌まり込んでいるのだ。

「ああ、私もそうしてもらいたい」

屹立を寄せると、郷子が口を寄せてきた。

「すごいわ。お義父さまのおチンチン……もうこんなに……」

先走りの粘液を指腹でなぞって、少し持ちあげた。すると、鈴口と指の間に透明な糸が伸びて、切れた。

「郷子さんが、エッチな姿を見せるからだ」

言うと、郷子ははにかんでから、おちょぼ口を亀頭にあてた。

繊細な舌づかいで鈴口をちろちろとなぞり、それから、唇をひろげて咥え込んできた。

郷子は左手で健太郎の腰を引き寄せ、右手で床の屹立を支えながら、ゆったりと顔を打ち振る。

頬を窄めてチューッと吸い、吐き出して、また頬張ってくる。

根元までおさめて、そこで、もっと奥まで欲しいとでも言うように、唇を強く陰毛に押しつけてくる。

静かに唇を引きあげていき、亀頭冠を中心に小刻みに顔を振ってしごいてくる。

その献身的な所作に見とれつつ、健太郎はもたらされる歓喜に酔いしれた。

オーバーではなく、この女のためなら、地位も個人のプライドもすべて打ち捨ててもいいとさえ思った。

その気持ちを少しでも伝えたくて、健太郎は右手をワイシャツの襟元から差し込んで、乳房をじかにつかんだ。じっとりと汗ばんだ乳肌を揉みしだき、頂上のしこりを指でこねると、

「ぁあぁおおっ……おっ……ぐっ」

スライドできなくなったのか、郷子はただ咥えるだけになった。

痛ましいほどにしこりきった乳首を指腹でつまんでくりっ、くりっとねじると、ワイシャツの下の腰がくねった。

と、床からの人工ペニスが膣内を刺激してくるのだろう、郷子は低く声を洩らして、眉をハの字に折り曲げて、悩ましい表情をする。

健太郎はその顔を両側から手で挟み付けて固定し、自分から腰をつかった。

唾液にまみれた肉棹が柔らかな唇を擦りあげ、温かく湿った口腔をうがち、甘い疼きが育ってくる。

そして、郷子ももたらされる悦びを享受しはじめた。

右手でワイシャツの上から乳房を揉みしだき、腰をくねらせて、ディルドーを体内に擦りつけては、

「ぁあぁぉぉ……」

切なげに喘いで、ますます腰を強く揺すっていたが、とうとうこらえきれなくなったのか、肉茎を吐き出して、

「ああ、お義父さま……ベッドに連れていって」

とろんとした目を向けて、哀願するように見あげてくる。

健太郎は郷子をベッドに寝かせて、ディルドーを手にした。

このまま、いきりたっている分身で郷子を貫きたかった。もう一度は繋がっているのだから、同じことではないか……。

そう自分をそそのかす声がする。

だが、単身で政情不安定な外国に渡り、仕事を頑張っている息子のことを思うと、したい放題のことはできなかった。

それをしたら、健太郎も郷子も自分たちのしていることをあさましく思い、自己嫌悪に陥《おちい》るだろう。

郷子も同じことを考えているのだろう。

ベッドにあがった健太郎の肉棹を触っていたのだが、やがて、何かを振り切るように首を左右に振って、健太郎にディルドーをねだってきた。

自ら仰向けになり、足を開いた。

健太郎も意を酌《く》んで、郷子の顔に尻を向け、男が上になるシックスナインの形で覆いかぶさっていく。

そして、蜜まみれのディルドーをつかみ、その大きさに驚きながらも、とば口に押しあてた。

腹のほうから覗き込みながら、大きく張った亀頭部で濡れ溝を割る。

肉びらが亀頭部の形のままにひろがっていくのを見ながら、慎重に押し込んでいく。強い抵抗感を残して、半ばまでが姿を消した。

「ぁあああ……」

郷子が健太郎の太腿をつかんで、喘ぎを長く伸ばした。

健太郎はディルドーを浅瀬まで引きあげ、そこからまた奥へと打ち込んでいく。それを繰り返しているうちに、窮屈さがなくなり、太く長い人工ペニスがほぼ根元まですべり込み、

「うあっ……！」

郷子が悲鳴に近い声を放った。

「大丈夫か？」

「はい……。お義父さまのしたいようにして。郷子はこれがお義父さまのものだと思って、受け止めます」

「そうか……」

健太郎は上から女の股ぐらを覗き込むようにして、張り形を抜き差しした。内部がいっそう蕩けてきて、ジュブッ、ジュブッと粘着音とともにディルドーが郷子の体内をうがち、そのたびにめくれあがった陰唇が本体にまとわりついてくる。いっぱいにひろがった陰唇は、一部に切れ目を入れればパチンと爆ぜてしまいそうなほどに張りつめている。

「ぁああ、ぁああ……」

気持ち良さそうに喘いでいた郷子が、健太郎の屹立を導いて、頬張ってきた。

（ここまでしてくれるのか……）

よく動く舌が勃起にからみついてくる悦びが、健太郎の欲望をかきたてた。

慎重に腰をつかうと、下を向いた肉棹が郷子の口腔をうがち、ぴっちりと閉じられた柔らかな唇を擦りあげ、得も言われぬ快感がひろがってくる。

覗きをして昂っていたせいか、それとも、この刺激的な体位のせいか、甘い愉悦《ゆえつ》がジンとした痺れに変わって、どんどんふくれあがってくる。

すると、郷子の下腹部がせりあがってきた。

強制フェラチオでいっそう高まったのか、翳りの張りつく恥丘をぐぐっと突きあげたり、おろしたりする。

「張り形を動かしてほしいんだな？」

訊くと、郷子は頬張ったまま小さくうなずいた。

「イキたいんだな？」

郷子はもう一度首を縦に振った。

「よし、イカせてやる」

健太郎は股間を覗き込みながら、強く大きくディルドーをすべらせた。

リアルな疑似男根が小さなとば口をこれでもかとばかりに押し広げて、奥まで嵌まり込み、

「あおおおっ……おおぉぉ……」

本物の肉棹で満たされた口許からさしせまった声を洩らして、郷子はひろげた足を踏ん張り、もっととばかりに下腹部をぐいぐい突きあげてくる。

「これを、私のものだと思うんだ。いいね」

郷子が咥えたままうなずいた。

「郷子さんは今、私に上と下の口を同時に犯されている。気持ちいいだろ？　おかしくなりそうか？」

郷子が首を縦に振った。

そして、健太郎がいったん抽送を休むと、もっとばかりに下腹部を二度、三度とせりあげてくる。

そのあからさまな姿を目にして、健太郎も一気に高まった。

「そうら、イッていいんだぞ。私も出すからな。郷子の口に出すからな……」

健太郎は淫蜜で濡れそぼったディルドーをつづけざまに打ち込みながら、自分も腰を振って肉棹を口腔に叩き込んでいく。

大きくひろがった内腿が痙攣をはじめた。

踏ん張った足がこわばり、鼠蹊部がぶるぶる震え、郷子はディルドーの抜き差しに応えて恥丘をせりあげる。

「おおぉぉ、イクぞ。出すぞ、郷子」

健太郎は射精の前に感じるさしせまった思いに駆られて、腰を激しく上下動させて口を犯し、同時に、ディルドーを大きく抽送させる。

と、郷子の下腹がいっそう突きあがってきた。

尻が浮きあがり、そこに向かってディルドーを叩き込むと、郷子は凄絶に呻いて、のけ反りかえった。

これでもかと肉棹を口に押し込んだとき、健太郎にも至福が訪れた。

発作を起こす肉棹を頬張ったまま、郷子が飛び散る白濁液を懸命に嚥下《えんげ》しているのがわかる。

健太郎はディルドーを離して、もたらされる歓喜に身を任せた。

下半身が蕩けてなくなっていくような快美感が全身を満たしている。

すべてを放出し、健太郎は肉茎を口から外して、すぐ隣にごろんと横になる。

しばらくして、郷子がこちらを向いてにじり寄ってきた。男物の白いワイシャツは汗を吸って、ところどころに肌の色が透け出ていた。

「恥ずかしいわ。こんなになって……軽蔑《けいべつ》なさらないでくださいね」

健太郎の胸板に顔を寄せて言う。

「軽蔑なんかしないよ。それに、これはただの張り形じゃない。私の分身だから」

しがみついてくる息子の嫁を、健太郎は慈しむように抱きしめた。

3

数日後、望月奈緒が突然、家にやってきた。

郷子にも話を聞いてほしいと言うので、リビングで三人は向かい合っている。

ソファに座った奈緒はいつもと違って、どこか緊張した面差しだった。

そして郷子は、奈緒が健太郎の弟子であり、健太郎を料理長に誘っていることを知っているためか、この突然の訪問を訝《いぶか》っている様子がうかがえた。

健太郎自身も、なぜ奈緒がわざわざ家まで来たのか、早く知りたかった。

同時に、自分はこの二人と肉体関係があるのだと思うと、面はゆいような後ろめたいような不思議な気持ちになるのだ。

奈緒が話を切り出した。

「失礼だとは思ったのですが、ここまで押しかけてきたのは……郷子さん、あなたに話を聞いていただきたかったからです」

そう言って、郷子をまっすぐに見た。

「はい……何でしょうか？」

郷子がそれに応じる。

「郷子さんは、あなたのお義父さまがどれだけ素晴らしい調理人かご存じですか？」

「承知しているつもりですが……」

「失礼ですが、ほんとうにおわかりになっているとは思えません」

「なぜ、ですか？」

二人の間に言葉の弾丸が飛び交って、健太郎はドキドキしてしまう。

「……なぜって。それがわかっていたら、板長を料理教室の先生にしておくなんて、あり得ないからです。はっきり言って、もったいないです」

「もったいない？」

郷子の目がギラッと光った。

「ええ、もったいないです。新婚さんの料理下手な奥さまを相手に、教えているらしいですけど、そんなのは誰だってできます。ちょっと料理を齧《かじ》った者なら」

「それは違います。人に料理を教えるって、そんなに生易《なまやさ》しいことではありません。それに、わたしたちはお義父さまに料理を教えていただいて、すごくためになっているんですよ。みんな、お礼を言ってくれます。一流店の料理長を務めることも素晴らしいことですが、私たちのような素人に料理を教えることも、それに劣らず価値のあることだと思います」

郷子がきっちりと言い返す。

「郷子さんは、板長を独占しようとしているんだわ。助手をしてるらしいけど、それが心地好いからそう言ってるんでしょ」

「違います。あなただって、お義父さまの下で働きたいから……」

「まあまあ……」

健太郎は、火花を散らす二人の間に割って入った。

「最終的には自分で決めるから。私の意志に無関係なところで意見されても困るよ」

「……では、板長の意志はどうなんですか？」

奈緒が訊いてくる。

「今の気持ちを正直に伝えるなら、しばらくはこのまま料理教室をつづけたいと思っているよ」

思いを口にすると、郷子がほっとするのがわかった。

「板長、あと一カ月です。一カ月のうちに、決めてください。確かに、店の場所は仙台ですので、ここから通うわけにはいかないです……。でも、ほんとうに素晴らしい店なんです。選ばれた調理人が集まっています。板長にとってこれ以上に腕をふるえる場所はないと思います。わたしは板長に、日本一の調理人になっていただきたいんです」

奈緒が言い募《つの》った。

その真剣な表情に、健太郎も自分の気持ちが動くのがわかった。

「あなたは料理教室に身を埋めるような方ではありません。失礼な言い方になりますが、せっかくの腕が泣いています」

奈緒の強い思いを感じて、健太郎はたじたじとなった。

郷子が心配そうに健太郎の横顔をうかがっている。

「すみませんでした。突然押しかけてきて、勝手なことを言いました……でも、郷子さん、板長のこれからのことをよーく考えてください。気持ちがあるなら、向こうの社長さんも、板長に会いに東京に来ると言っています。期限は一カ月です。それ以上は待てないようなので……では、失礼いたします」

そう言って、奈緒が腰を浮かした。

郷子も席を立って、見送りにいく。

健太郎は、さっきまではこのまま料理教室をつづけていこうと考えていた。だが、奈緒の叱咤激励が心の深いところに突き刺さっていた。


二週間後の昼間、いまだ進路を決めきれないまま、健太郎は『新妻料理教室』を開いていた。

今日の献立は『茶碗蒸し』である。

キッチンが狭いので、生徒は一回五人以内と決めている。生徒数は十五名いるから三回に分けて、週に合計六回の教室を開いている。

この回には、あの茜里がいる。

健太郎と一度身体を合わせてから、何かが吹っ切れたように頑張っている。最近はご主人にも料理を褒められるらしい。

つまり、ご褒美に夫に抱いてもらえる。それを励みに、また腕をあげるという好循環になっていた。

五人各々に作らせたものを、蒸し器にかける。

「最初は強火で蒸すんだ。卵の表面が白くなったら、今度は弱火にして十二、三分蒸す。いいね」

「……あの、うちには蒸し器がないので、レンジでチンしてもいいんですか？」

「いや、それよりも『地獄蒸し』のほうがいいな」

「『地獄蒸し』……？」

「ああ、地獄の釜だよ。熱湯にじかに入れて、蒸す方法だ」

と、そのとき、誰かのケータイが鳴って、

「すみません」

アシスタント役の郷子が、エプロンに入っていたケータイを取り出して、キッチンを離れた。

（誰からの電話だろう？）

やはり、男女の関係があるからだろうか、郷子に電話がかかってくると気になる。

そんな気持ちを押し隠して、蒸し器の火加減を調節していると、郷子が戻ってきた。

微妙な表情をしていた。

うれしがっているような悲しがっているような……。

「誰から？」

さり気なく訊くと、郷子が健太郎を呼んだ。

キッチンの隅で、郷子がじっと健太郎を見て、言った。

「孝太郎さんからでした」

「そうか……よかったじゃないか。で、どうしたって？」

「……孝太郎さん、帰国するそうです」

「えっ、帰国って？」

「会社の都合で、孝太郎さん、一カ月後に戻ってくるって」

「それは、つまり……もう現地に行かなくて済むってことか？」

「はい……代わりの社員が派遣されるから、孝太郎さん、あとは時々行くだけで、基本的にはずっと日本にいられるそうです」

「……そうか、よかったじゃないか。うん、よかった……」

口ではそう言いながらも、健太郎の心は揺れていた。

息子が政情不安定な国から戻ってこられるのだから、それ自体は歓迎すべきだ。だが――。

健太郎は気持ちが知りたくて、郷子の顔を見た。

郷子も、健太郎の心境がわかるのだろう、複雑な顔をしていた。

それでも、全身から安堵感とともに隠しきれない喜びの感情が滲んでいた。それを健太郎に悪いから必死に表に出さないようにしている雰囲気があり、健太郎はやはり、郷子は孝太郎を愛しているんだな、と思ってしまう。

「先生！　まだですか？」

茜里に呼ばれて、

「ああ、今行くから」

健太郎は動揺を押し隠して、生徒たちの輪に入っていく。

でいた。

4

三週間後、健太郎は郷子と二人で、おそらくしばらくは囲めないだろう食卓を囲んでいた。

明日には、健太郎は東京駅を午前十一時過ぎに出る新幹線で、仙台に旅立つ。

奈緒の勧めてくれた仙台にある日本料理店の板長を引き受けることに決め、明日、現地へと赴《おもむ》く。向こうでは、店の近くのマンションから通うので、しばらくは帰って来られない。

奈緒が家を訪れた際には、心は動いたもののまだ心を決めていなかった。

健太郎に決心させたのは、孝太郎の予定より早い帰国だった。それを知って、これはきっと神様の、仙台へと行けという御告げだと感じた。

その後、奈緒に承諾の意を伝え、社長に会って、正式に板長就任を決めた。

郷子はひどく落胆していたが、やはり、孝太郎の早期帰国が決まって、健太郎が感じたのと同じことを思ったのだろう。

引き止められたものの、その目は運命をなかば受け入れたものだった。

食卓には、郷子の腕によりをかけて作った料理がずらりと並んでいた。そのすべてが、健太郎が教えたものだ。

「味はどうでしょうか？」

郷子がおずおずと訊いてくる。

「ああ、美味《うま》いよ。さすが、私の片腕だったことはある。随分と上達した。これなら、孝太郎も目を丸くするさ」

言うと、郷子が複雑な表情を浮かべて、一瞬押し黙った。

「……料理教室は申し訳なかったな。せっかく軌道に乗っていたのに。申し訳ない。このとおりだ」

健太郎は向かいの席の郷子に頭をさげた。

「そんな、とんでもありません。奈緒さんのおっしゃったように、お義父さまは板長として存分に腕をふるわれるのが一番いいんです。わたしのほうこそ、お義父さまを引き止めて申し訳ありませんでした」

郷子が頭をさげた。

「いいんだ。料理教室を郷子さんと二人でできて、愉しかったよ、心から」

言うと、郷子がうつむいた。伏せられた目から見る間に大粒の涙がこぼれ落ちるのを見て、健太郎ももらい泣きしそうになった。

「泣いていたんじゃ、料理は味わえないぞ。さあ、食べよう」

こらえて言うと、

「はい、そうですね。すみません」

郷子が目尻の涙を手で拭って、肉じゃがのジャガイモを箸で口に運び、頬張り、健太郎を上目遣いに見て、作り笑顔を向ける。

健太郎もジャガイモを口に入れ、

「うん、ほくほくしている」

褒めると、郷子がようやく笑顔を見せた。


その夜、荷造りを終えた健太郎が部屋でくつろいでいると、コンコンとドアをノックする音がする。

(来たか……)

ひそかに内心で期待していただけに、喜びは大きかった。

健太郎は飛んでいって、ドアを開ける。

はにかんで立っている郷子の姿を見て、あっと思った。

あの祭りの夜、二人が結ばれたときと同じ浴衣を着ていた。紺色の地に花の散った浴衣で、帯も同じ山吹色だった。髪も後ろで結っている。

その姿を見ただけで、郷子が考えていることがわかった。

「お義父さま、わたし……」

郷子が伏目がちに健太郎を見た。

「ああ、たぶん、私も同じ気持ちだ」

郷子を招き入れて、後ろから抱きしめた。

湯上がりなのだろう、シャンプーの爽やかな香りがして、浴衣に包まれた肢体が腕のなかでしなった。

「私も、郷子さんの部屋に行くつもりだった」

「すみません。わたし、もう待てなくなって……」

「うれしいよ。その気持ちが」

「お義父さま……」

郷子が後ろに身体を預けてくる。

健太郎が右手を襟元から差し込むと、すぐのところに乳房が息づいていた。

搗《つ》いたばかりの餅のような乳肌は、揉むほどに指が沈み込み、肉層がまったりとからみついてくる。

この母性とエロスの両方を備えた素晴らしい乳房をもう味わえなくなるのかと思うと、行きどころのないやりきれなさが込みあげてくる。だが、だからこそ、忘れないように郷子の肉体のすべてを刻みつけておきたい。

揉み込むうちに、中心の突起がそれとわかるほどにしこり勃《た》ってきて、そこに指が触れ、

「あっ……あうぅぅう、お義父さま……わたし……」

「どうした？」

「ううん、何でもないです。今夜だけ、今夜だけはお義父さまの女でいさせてください」

「ああ、そのつもりだ。今夜、郷子は私の女だ」

「はい……」

郷子が身体の向きを変えて、しがみついてきた。

健太郎は押される形で、ベッドに身体を倒した。

仰向きになった健太郎に、郷子は折り重なるようにぴったりと身を寄せてくる。

しばらくそうやって、健太郎の心臓の音を聞いていたが、やがて、作務衣の紐を解

いて前を開け、胸板にじかに頬擦りし、ちゅっ、ちゅっと唇を乳頭に押しつける。

その間も、両手でさかんに健太郎の体を撫でさすっている。その情熱的な手の動きが、郷子もこれが最後のセックスだと決めていることを伝えてくる。

健太郎もこれが最後と決めていた。

ほんとうはこの先も抱きたい。とことん、抱きたい。

だが、郷子は息子の嫁であり、そして極めて魅力的な女であるがゆえに、これ以上関わったら、健太郎はこの女の性にからめとられ、二人は地獄に落ちてしまう。

「ぁああ、ぁああ……」

郷子は溜息とも喘ぎともつかない声を洩らして、乳首をあやし、さらに作務衣を脱がした。

そして、健太郎の両腕を万歳させ、あらわになった腋の下に顔を埋めてきた。

自然のまま繁茂した腋毛をざらっ、ざらっと舐められて、ぞわっとした戦慄が流れ、全身が粟立った。

郷子は繊毛ばかりか、地の肌まで舐めたいとでも言うように丹念に深く舌を這わせ、それから、二の腕を舐めあげていく。

日頃ほとんど触ることのない二の腕の内側を、なめらかで濡れた肉片がツーッ、

ツーッと走り、

「うっ、おっ……」

もたらされる皮膚のざわめきに、健太郎は顎を突きあげていた。

それから、郷子は健太郎の手をつかんだ。じっくりと見て、

「この指が。あの繊細な料理を生み出すんですね」

大切なものに接吻するように、窄めた唇を指に押しつけ、舌を這わせる。

さらには、指をまとめて頬張り、フェラチオするように唇をすべらせ、なかで舌をちろちろとからめてくる。

「おおお、気持ちいいよ、郷子さん」

思わず言うと、郷子は指を吐き出した。

自分で浴衣をもろ肌脱ぎにして、乳房をあらわにすると、健太郎の唾液まみれの指を胸のふくらみに導いた。

「ああ、これがお義父さまの指ね……」

指の感触を味わっているのか、顔をのけ反らして「ぁああ」と喘いだ。

健太郎も濡れた指で、中心の突起を挟んだ。親指と中指で側面をつまんで、くりっ、くりっと転がし、人差し指を乳頭に添えてこねてやる。

と、見る間に乳首が勃ってきて、

「ぁあああ、はうぅぅ……気持ちいい。お義父さまの指、気持ちいい……」

郷子はもどかしそうに上体をよじり、健太郎をまたいだその腰までくねらせる。

「こっちに……」

郷子に前屈させ、近づいてきた乳房を鷲づかみにして、揉みしだく。

セピア色だが中心に行くにつれてピンクがかった乳首が痛ましいほどにせりだしていて、まるで舐めてくれと言っているようだ。

顔を寄せ、貪りついた。

「はうっ……！」

顔を撥ねあげる郷子を引き寄せながら、乳首を吸い、舐め転がす。

「あっ……あっ……ぁああ、お義父さま……」

郷子は健太郎の頭髪をかき乱しながらも、もっととでも言うように乳房を押しつけ、そして、浴衣のまとわりつく腰をくねらせる。

もう一方の乳首も同じように舌で愛撫すると、もうどうしたらいいのかわからないといった様子で、身をよじり、がくん、がくんと痙攣した。

5

ベッドに座った郷子が山吹色の帯を解き、浴衣を肩からすべらせた。

下着はつけていなかった。

生まれたままの姿になった郷子は、きめ細かく色白の肌がむっちりと張りつめ、スレンダーだが出るべきところは出て、しなやかなみずみずしさをたたえていた。

だが、くびれたウエストから急激に張り出したヒップの強靭《きょうじん》さが、郷子の持つ女の業《ごう》を思わせた。健太郎も全裸になって、

「ここに寝なさい」

郷子を仰向けに寝かせた。

さっき郷子がしてくれたことのお返しをしたくて、郷子の腕をあげさせる。あらわになった腋窩はきれいに剃《そ》られていて、その青白い窪みは女が日頃は見せない箇所だけに、ひどく官能的に映る。

「頭の上で両手を繋いで。そのままだぞ、手を解いてはダメだ」

「はい、お義父さま……」

健太郎は顔を寄せて、腋の下にキスをする。ちゅっ、ちゅっと唇を押しつけると、そこには汗の甘酸っぱい匂いがこもっていて、

「あっ……あっ……」

郷子は敏感に応えて、上体を揺らした。

キスだけでは物足りなくなって、腋窩を舐めた。いっぱいに出した舌で羞恥の部分を何度もなぞりあげ、そして、貪りついた。

はむはむと甘噛みし、匂いを吸い込み、さらに二の腕の内側を舐めあげる。

そこは女の二の腕特有のゆとりがあり、郷子の抱えている女の部分を象徴しているようで、健太郎はそれが愛おしくてならない。

健太郎はいったん顔をあげて、郷子の肢体を記憶に刻みつけた。

言いつけどおりに両手を頭上で繋いで、一糸まとわぬ姿をさらしている。

両腕をさらす格好に羞恥を覚えながらも、すべてを健太郎に見てほしいとでも言うような雰囲気が感じ取れた。

「郷子」

「はい……」

「明日からは、お前が近くにいないってことが、信じられないよ」

「わたしもです。お義父さまがいなくなったら、どうしていいのかわからない」

「お前には……」

孝太郎がいるじゃないか。一週間後には帰ってくるんだから、という言葉を呑み込んだ。今ここで、孝太郎の名前を出すことは憚《はばか》られた。

「お義父さま、今夜は全部忘れましょう。思い残すことがないように、全部して。したいことを全部してください」

うなずいて、健太郎は郷子に尻を向ける形でまたがった。

男が上になるシックスナインである。

前に屈んで、股間のものを口許に寄せると、郷子がしゃぶりついてきた。

両手を頭上にあげたままである。

手をつかったほうがやりやすいと思うのだが、郷子は言いつけを守って、口だけで頑張ってくる。

信頼した男の命は絶対に守って、どんなつらいことでもやってのける。それが、郷子という女なのだろう。

（こういう女を女房にした男は幸せだ……）

これまでも何度も思ったことをまた思った。

孝太郎のことが思い浮かび、それを追い払って、健太郎はゆっくりと腰を上下に打ち振った。

柔らかな唇の間を分身が行き来して、それはたちまち硬化し、郷子の口腔をずぶっ、ずぶっと犯し、そのことが健太郎に悦びをもたらす。

いったん動きを止め、前に首を伸ばして、太腿の奥に舌を這わした。

M字に開いた郷子の足を抱えるようにして、繊毛の翳りの底で息づく亀裂を舐めてやる。

そこはすでに陰唇がめくれあがり、内部の赤みがせがむように盛りあがって、濡れそぼった粘膜をのぞかせていた。

渓谷に指を走らせながら、上方の肉芽にちちろろと舌を走らせる。

と、郷子の唇の動きが完全に止まり、くぐもった声とともに、下腹部がこらえきれないとばかりにせりあがってくる。

健太郎は狭間を指でなぞり、クリトリスを舐めながら、腰を上下動させる。

いっぱいに力を漲らせた肉棹が郷子の口腔をずぶっ、ずぶっとうがち、郷子は感に堪えないというさしせまった声を洩らし、そして、下腹部をもっとばかりに押しあげてくる。

指先に感じる蜜が量を増し、陰唇もとろとろに蕩けたようになり、それがいかに郷子が自分を求めているかを感じさせてくれる。

(入れたい。この蕩けきったものを、いきりたっているもので貫きたい)

あの祭りの夜以来、溜まりに溜まっていた欲望がぎりぎりまでふくれあがっていた。

健太郎はいったん立ちあがり、郷子の足のほうにまわり、膝をすくいあげた。

泥濘《ぬかるみ》に切っ先を押しあてて一気に腰を進めると、硬直が窮屈な肉路を押し広げながら、奥まで届き、

「あはっ……!」

郷子が顎を突きあげた。

(ああ、これだった。この温かく包み込んでくる粘膜の心地好さ……)

何かにせきたてられるように腰をつかっていた。

腕立て伏せの形で腰を叩きつけると、郷子は足をM字に開いて切っ先を奥まで迎え入れ、突かれるたびに足をぶらぶらさせて、

「あんっ、あんっ、あんっ……」

こらえていたものを解き放つように、甲高い声を響かせる。

依然として、頭上にあげた右手で左手首を握ったまま両腋をさらして、顎をせりあ

げている。

健太郎は腰を躍らせながら、揺れる乳房を揉みしだき、背中を丸めて中心に貪りついた。

カチカチになった乳首を舐め転がし、吸い、さらに、顔をまわり込ませて、あらわになった腋窩に舌を這わせる。

わずかに肋骨《ろっこつ》の浮き出た脇腹をさらして、郷子は感に堪えないといった声を放ち、身をよじらせる。

健太郎も一気に高まり、自然に律動のピッチがあがった。

(これが最後になるのだ。郷子をとことんよがらせたい。何度も気を遣らせたい。腰が抜けて立てなくなるまで、貫きたい)

そんな思いを酌んでくれているのか、分身はかつてないほどの力強さでいきりたっている。

たてつづけに深いところに届かせると、

「あああ、お義父さま……イクわ。もう、イッちゃう……」

郷子が下からとろんとした目で見あげてくる。

「いいんだぞ。イッても。何度でも気を遣らせてやる」

頭上にあがった郷子の肘をつかんで押しつけるようにして、健太郎は打ち込みのピッチをあげた。

音を立てて屹立が体内に嵌まり込み、付け根がクリトリスを巻き込みながら擦りつけ、

「あん、あんっ、あんっ……ダメっ……イク、イク、イッちゃう！」

ぶるん、ぶるんと乳房を揺らした郷子が潤みきった瞳を向けて、逼迫した声を放った。

「いいんだぞ。そうら、イケ。身をゆだねろ」

「はい、はい……あっ、あっ、いやぁ、ぁあああぁぁぁぁぁぁぁぁぁ！」

凄艶に喘いで、郷子がのけ反り返った。

止めとばかりに深いところに打ち込むと、郷子は最後は生臭く呻いて、一瞬、背中を浮かし、それから、がっくりとして動かなくなった。

気絶したようにベッドに横たわる郷子を横目に見て、健太郎はベッドを降り、クロゼットの引出しにしまってあったローションの容器とスキンを取り出した。

真由子とアナルセックスをしてから、健太郎は興味を持ち、隣町の薬局で潤滑剤と

してのローションを購入した。

思い残すことがないように、したいことは全部して――という郷子の言葉が健太郎を突き動かしていた。

それに、祭りの夜にアヌスを愛撫したら、郷子は感じていた。だから、大丈夫だと思った。

ローションとスキンを持ってベッドに戻ると、横座りした郷子が、それを見て小首を傾《かし》げた。

健太郎もベッドにあがり、郷子を横から抱きしめた。

「したいことを全部してくれと言ったね？」

郷子がうなずいた。

「郷子に自分の痕跡《こんせき》を刻みつけておきたいんだ。郷子はアナルセックスはしたことがあるか？」

「ありません、もちろん」

「そうか……だったら、郷子のアナルバージンが欲しいんだ。いやなら、しないが……」

郷子はとまどって迷っているようだったが、やがて、

「わかりました。わたしもお義父さまをこの身体に刻みつけておきたい。怖いですけど、お義父さまがお望みなら、受け入れます」

「ありがとう。お前はほんとうにいい子だな。這ってくれないか？」

「はい……」

健太郎がタオルケットをベッドに敷くと、郷子はそこに両膝を置いて、前に這い、心配そうに後ろに首をねじ向ける。

健太郎はチューブを押してローションを絞り出し、そのたらっと糸を引く粘液を尻たぶの上から垂らしていく。

したたり落ちてきた透明な潤滑剤を、アヌスの窄まりになすりつけた。

幾重もの皺を放射状に集めた、楚々としたきれいなアヌスだった。その中心に塗りつけながら、マッサージすると、

「あっ……あっ……」

郷子はビクッ、ビクッと尻を収縮させて、伸ばしていた両手を折り、姿勢を低くして尻だけを高くせりあげる。

やはり、アヌスが感じるのだ。

ローションでぬめる中指を中心に添えて、

「指を入れるよ。力を抜いて」

力を込めると、窄まりがぷつっと開いて、ぬるりとすべり込んだ。入口が怯えたように、指を締めつけてくる。

「あっ……くっ！」

郷子が背中に力を込めて、奥歯を食いしばった。

「大丈夫だ。身を任せて、力を抜きなさい」

「はい……」

括約筋がゆるんで、中指を抜き差しする。そこは空洞だったが、奥まで入れて指先でさぐると、内部の扁桃腺のようなふくらみが指にまとまわりついてきて、

「あっ……ぁああ、お義父さま、ダメっ……出ちゃいそう」

郷子が訴えてくる。

「出せばいいさ。郷子のものなら、何とも思わない」

「ぁああ、お義父さま……お義父さまが好き、大好き」

しばらくそうやってほぐすと、指を抜き、いきりたっている肉棹にスキンをかぶせた。

半透明に伸びたスキンにローションを塗りつけ、すべりを良くする。

それから、静かに後ろの窄まりに押しつけると、小菊がヒクヒクッとうごめいて、

「ああ、怖いわ……お義父さま、怖い」

「大丈夫だ。身をゆだねるんだ。何も怖いことはない。私は郷子のここに入りたい。お前のアナルバージンを奪わせてくれ」

「はい、はい……」

「よし……力を抜いて。深呼吸してごらん」

言われたように、郷子が深い呼吸をはじめた。

吐いたときには、窄まりはふくらみ気味になって開き、吸うと窄まる。

(しかし、こんな可憐な孔に、このいかめしいものが入るのだろうか？)

ふと疑問に思ったが、それを押し隠して、ゆっくりと慎重に腰を入れていく。

と、切っ先がぬるっとすべって弾かれた。

もう一度――。

上から肉棹を押さえつけて上へ逃げるのを封じながら、力を込める。

「ここで、大丈夫だな？」

「はい、たぶん……」

勇気づけられて、ぐっと腰を前に突き出した。

亀頭冠が肉環を押しひしぎながらひろげる感触があって、プツッと何かが弾ける感じとともに、それが潜り込んでいった。

「あぐっ……！」

郷子が低く呻いて、前に伸ばした手でシーツを鷲づかみにした。

かまわず送り込むと、狭隘《きょうあい》なとば口の圧力を撥ねのけるように硬直が奥まですべり込み、

「はぁあああぁぁぁぁぁ！」

郷子は肺の空気をすべて吐き出すように喘いで、頭を後ろに反らした。

「おおぅぅ……くぅぅ」

と、健太郎も奥歯を食いしばっていた。

肛門括約筋が侵入者を懲らしめようとでもするように、屹立をぐいぐい締めつけてくる。そして、内部のふくらみが押し寄せてきて、スキン越しにでも、そこの温度が高いことがわかる。

「とうとう郷子のアナルバージンを奪ったぞ。気持ちいいぞ、郷子。最高だ。天国だよ」

「ああ、郷子もうれしい。お義父さまにアナルバージンを捧げることができて、うれ

しいです」

「動かしていいか？」

「はい……」

健太郎は腰をつかみ寄せて、慎重にゆっくりと突いた。

入口は狭隘だが、ローションのせいかすべりはいい。

それでも、奥まで打ち込むとつらいのか、郷子は「うっ」と押し殺した声を洩らす。

ふと思いついて、健太郎はローションの容器を取り、郷子の背中に向けて絞り出した。透明な粘液がたらっとしたたって、美しい曲線を描く郷子の背中に垂れかかり、それを引き伸ばすようにぬるっ、ぬるっと塗り込める。

脇腹へも伸ばしながら、撫でさすると、

「あっ……ぁああ、気持ちいい……」

郷子が心の底からの声をあげて、ひくっ、ひくっと身体を震わせる。

健太郎はさらに手を前にまわし込んで、ローションを乳房に伸ばしていく。

たわわな弾力とともに指がぬるぬると乳肌をすべり動いて、その中心をローションとともにこねると、

「ぁああ、ぁああ……いい……お義父さま、いい……おかしくなる。おかしくなる」

郷子は背中をよじり、もっとうがってとばかりに尻を突き出してくる。

健太郎は乳首を愛撫しながら腰を波打たせ、それから、両手で腰をつかみ寄せて、少しずつストロークを強くしていく。

「んっ、んっ、んっ……」

郷子が膣に打ち込んでいるときとは明らかに違う声をあげ、手指をシーツに食い込ませた。

「つらいんだな？」

「……大丈夫です。お義父さまのしたいようにして」

シーツを鷲づかみにしたその指の曲がり方で、郷子が無理をしていることがわかる。

そのけなげさに胸打たれつつ、

(我慢してくれよ)

胸のなかで呟き、徐々に打ち込みのピッチをあげていった。

下を見ると、おぞましいばかりの肉棹が郷子の尻をうがっているのが見える。

引くと、サーモンピンクの肛門粘膜がめくれあがって、肛門が肉棹とともに出てくるようだ。押し込むと、反対に内側にめり込む。

「ああ、ぁああ、ツーッ」

「苦しそうだな？」

「いいえ、大丈夫です。気持ちいいの。身体全体が感じる。響いてくるの。全身に行き渡る。ぁああ、ああ、いい。お義父さま、いい。おかしいのよ。郷子、おかしくなってる」

「そうか、そうか……」

健太郎も昂っていた。

(俺は郷子に自分を刻みつけている。郷子はこの瞬間を決して忘れることはないだろう。そして、俺も……)

ぬるぬるの手で尻たぶをつかんだ。撫でまわした。

ローションが伸ばされて、丸々とした尻がオリーブオイルを塗りたくったように、妖しくぬめ光って、その光沢がいっそう健太郎を高みへと押しあげた。

「おおう、そうら」

遮二無二、アヌスを突いた。無我夢中で叩きつけるうちに、強く引きすぎたのだろう、肉棹がぬるっと抜けた。

健太郎は最後はやはり、郷子の子宮へとつづく道の途中で果てたかった。

怒張からスキンを剝き取って、捨てた。

かつてない角度を保っている分身を、今度は下のほうにある口に押しあてて、一気に埋め込んだ。

「ぁあぁぁ……」

郷子が両腕を立てて、背中をしならせた。

スキンをつけていないせいもあるだろう、膣のうごめきをつぶさに感じることができる。その肉襞の感触も、ざわめくような動きも、トマトを煮詰めたような滾《たぎ》りも。そのすべてが郷子という女であり、そのぬくもりに包まれながら、健太郎は腰を叩きつける。

「あんっ、あんっ、あんっ……」

頭の先から抜け出るような喘ぎをスタッカートさせ、郷子はぬめる背中を弓なりに反らせ、そして、激しく顔を上げ下げする。

尻たぶをつかんでぐいっと開かせると、肉棹が嵌まり込んだそのすぐ上でアヌスがひろがっていた。

つい先ほどまで肉茎を咥え込んでいた窄まりは、わずかに内部のピンクをのぞかせて、そのいつもとは違うアヌスの顔つきが健太郎を狂乱の世界へと導いていく。

「郷子、郷子！」

愛しい女の名前を呼びながら、尻を叩いた。

パチン、パチンと乾いた音が爆ぜ、郷子は「うっ、うっ」と呻きながらも、それが悦びであるかのように尻を振り、シーツを鷲づかみにする。

感覚がさしせまってきた。最後は顔を見て、一緒に昇りつめたい――。

健太郎は繋がったまま、郷子を横に倒し、仰臥《ぎようが》させた。

すらりとした足を肩にかけて、そのままぐっと前に体重を乗せる。

「うっ……！」

つらそうに呻いた郷子の裸身が腰から二つに折れ曲がって、足が顔のほぼ真上まできた。

郷子の悩ましい顔を見おろしながら、健太郎は分身を打ちおろしていく。

持ちあがった下腹部の坩堝《るつぼ》に、猛りたつ肉の槍がずぶり、ずぶりと突き刺さり、それがいいのか、

「ぁあああ、お義父さま……」

郷子は今にも泣き出さんばかりに眉根を寄せて、すがりつくような目を健太郎に向けてくる。

潤みきった瞳が女の情欲をたたえ、その何かにすがっていないといられないといっ

た目が、健太郎を追い詰めた。

「郷子、イクぞ。出すぞ、お前のなかに」

「はい……ください」

「おおぅぅ……」

吼《ほ》えながら思い切り打ち据えた。

「あっ、あっ、あっ……はうぅぅぅぅ……いい。イクぅ」

打ちつけるたびに上へ上へとずりあがっていく肢体を引き寄せると、郷子が健太郎の両腕にしがみついてきた。すごい力で握って、がくん、がくんと身体を揺らし、乳房を波打たせ、

「イク、イク、イッちゃう……お義父さま、ちょうだい。ちょうだい」

「イクぞ。一緒だ。そうら」

たてつづけに打ち込んだとき、

「あああ、イク……やぁあああぁぁぁぁぁぁぁぁ、はう！」

郷子がのけ反り返って、白い喉元をいっぱいにさらした。

「うおおぉ……」

健太郎も吼えながら腰を打ちおろした。

奥まで届かせたとき、甘い疼きが極限に達した。

ドクッ、ドクッと精液が迸っていく悦びが背筋から這いあがってきて、脳天にまで届いた。

郷子は昇りつめたままになっているのか、放出を受けながらも、びくっ、びくっと痙攣していたが、さらにまた「うっ」と顎をせりあげて、再度頂上を極める。

そのとき、気づいた。

一滴残らず精液を搾り取られたはずなのに、健太郎の分身はまだ硬さを保っているのだ。

これで終わりたくないという気持ちが、健太郎の分身に力を与えているとしか思えなかった。

健太郎は足を肩から外し、今度は覆いかぶさった。

足を伸ばした姿勢でまた腰をつかうと、郷子はびっくりしたように目を見開いた。

「信じられない。お義父さま……」

「ああ、まだ元気だ。郷子はどうだ？」

「わたしも、もっとお義父さまを感じていたい。離れたくない」

「郷子……！」

健太郎がつづけざまに打ち込むと、開いた瞼《まぶた》がふっと閉じられ、

「ぁああ、あっ……あっ……また、また来るぅ」

郷子がぎゅっとしがみついてきた。

＊

翌日の昼間、健太郎は東京発、仙台行きの新幹線に乗っていた。

車窓を後ろに飛び去っていく景色が、だんだん田舎《いなか》めいたものになっていくのを感じて、猛烈に寂しくなった。

昨夜は、東の空が白んでくるまで、郷子と同じベッドにいた。

二人とも、数え切れないほどに頂点を極めた。

最後には空打ち状態で、精液さえ出なかった。

とことん貪り尽くして、心残りはなかった。こうしていても、清々《すがすが》しい気持ちで満たされている。

正午を迎えて、空腹を覚えた。

窓際に置いてあった包みを解くと、二段式の弁当箱が出てきた。

今朝、郷子が疲れているはずの身体に鞭打って、作ってくれたものだ。

二段式の弁当を開けると、白米ともうひとつには、郷子が腕によりをかけて作ってくれた彩《いろど》りも鮮やかなおかずが詰まっていた。

(美味しそうだな……)

筑前煮のレンコンを箸でつまんで、口に入れた。

昨夜のうちに作り置きしてあった筑前煮はよく味がしみ込んでいて、美味しかった。

シャキシャキしたレンコンを嚙むと、郷子の味がして、ふいに目頭が熱くなった。

健太郎はあふれでた涙をそっと指先で拭い、ニンジンを箸でつまんで口に放り込んだ。

(うん、柔らかくて、いい味だ……ほんとうに上手くなったな……)

車窓から外を眺めた。

と、ガラスに郷子の笑顔が映り込んだような気がして、客車を見たが、もちろん、そこに郷子がいるはずもなく、健太郎はまた弁当を突つきはじめた。


(了)

※本書は二〇一四年八月に刊行された竹書房ラブロマン文庫『とろり蜜嫁』の新装版です。

＊本作品はフィクションです。作品内に登場する人名、地名、団体名等は実在のものとは関係ありません。

長編小説
とろり蜜嫁《みつよめ》<新装版>
霧原一輝《きりはらかずき》

2022年5月30日　初版第一刷発行

ブックデザイン……………………　橋元浩明(sowhat.Inc.)

発行人…………………………………………後藤明信
発行所………………………………株式会社竹書房
〒102-0075　東京都千代田区三番町8－1
三番町東急ビル6F
email：info@takeshobo.co.jp
http://www.takeshobo.co.jp
印刷・製本………………………　中央精版印刷株式会社